KB035700

미당 서정주 전집

4

시

* 이 도서의 국립중앙도서관 출판예정도서목록(CIP)은 서지정보유통지원시스템 홈페이지(http:seoji.nl.go.kr)와 국가자료공동목록시스템(http://www.nl.go.kr/kolisnet)에서 이용하실 수 있습니다. (CIP제어번호: CIP2015015184)

미당 서정주 전집

4

시

노래

팔할이 바람

은행나무

"세계의 명산 1628개를 다 포개 놓은 높이보다도
시의 높이와 깊이와 넓이는 한정 없기만 하다"

"아는 것보다 모르는 게 훨씬 많으므로
공부를 아조 더 많이 해야만 한다"

미당의 파이프

30년 창작 산실인 봉산산방 서재

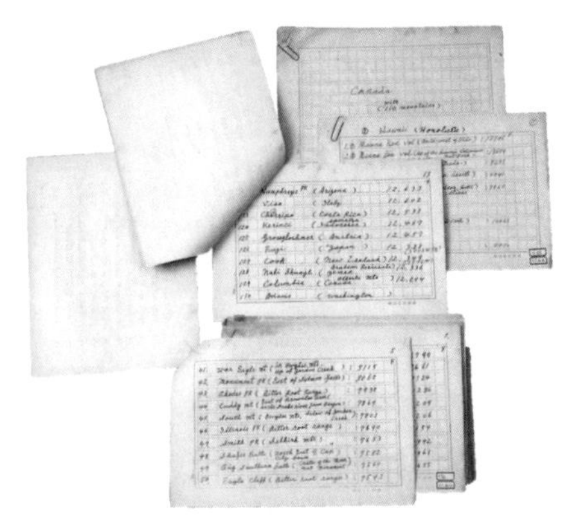

기억력 감퇴를 막기 위해 매일 아침 외운 세계의 산 이름 목록

창작 시간, 개작 과정이 담긴 시작 노트들(1950~2000)

金聖佑
문화
칼럼

「花蛇集」50年

'『화사집』 50년'
(한국일보, 김성우 문화칼럼, 1991.6.3)

미당의 흉상
(조각가 박재소)

『화사집』 50주년 기념시제(동숭아트센터, 1991.10.24)
언론인 김성우 가족, 영화배우 윤정희, 시인 문정희와 함께

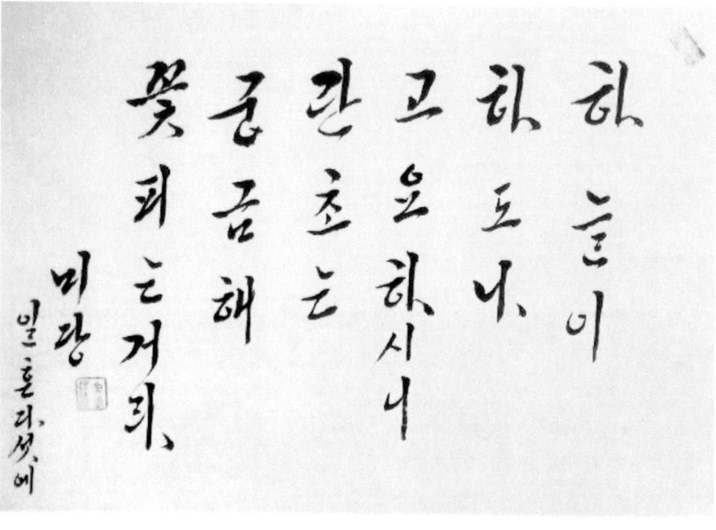

미당의 자필 붓글씨

발간사

미당 서정주 선생의 탄신 100주년을 맞이하여 선생의 모든 저작을 한곳에 모아 전집을 발간한다. 이는 선생께서 서쪽 나라로 떠나신 후 지난 15년 동안 내내 벼르던 일이기도 하다. 선생의 전집을 발간하여 그분의 지고한 문학세계를 온전히 보존함은 우리 시대의 의무이자 보람이며, 나아가 세상의 경사라 하겠다.

미당 선생은 1915년 빼앗긴 나라의 백성으로 태어나셨다. 우울과 낙망의 시대를 방황과 반항으로 버티던 젊은 영혼은 운명적으로 시인이 되었다. 그리고 23살 때 쓴 「자화상」에서 "나를 키운 건 팔할이 바람이다"라고 외쳤고, 이어서 27살에 『화사집』이라는 첫 시집으로 문학적 상상력의 신대륙을 발견하여 한국문학의 역사를 바꾸었다. 그 후 선생의 시적 언어는 독수리의 날개를 달고 전통의 고원을 높게 날기도 했고, 호랑이의 발톱을 달고 세상의 파란만장과 삶의 아이러니를 움켜쥐기도 했고, 용의 여의주를 쥐고 온갖 고통과 시련을 지극한 아름다움으로 바꾸어 놓기도 했다. 선생께서는 60여 년 동안 천 편에 가까운 시를 쓰셨는데, 그 속에 담겨 있는 아름다움과 지혜는 우리 겨레의 자랑거리요, 보물이 아닐 수 없다. 선생은 겨레의 말을 가장 잘 구사한 시인이요, 겨레의 고운 마음을 가장 잘 표현한 시인이다. 우리가 선생의 시를 읽는 것은 겨레의 말과 마음을 아주 깊고 예민한 곳에서 만나는 일이 되며, 겨레의 소중한 문화재를 보존하는 일이 된다.

미당 선생께서 남기신 글은 시 아닌 것이라도 눈여겨볼 만하다. 선생의 문재文才와 문체文體는 유별나서 어떤 종류의 글이라도 범상치 않다. 평론이나 논문에는 남다른 통찰이 번뜩이고 소설이나 옛이야기에는 미당 특유의 해학과 여유 그리고 사유가 펼쳐진다. 특히 '문학적 자서전'과 같은 산문은 문체를 통해 전달되는 기미와 의미와 재미가 풍성하여 미당 문체의 진미를 맛볼 수 있다. 미당 문학 가운데에서 물론 미당 시가 으뜸이지만, 다른 글들도 소중하게 대접받아야 할 충분한 까닭이 있다. 『미당 서정주 전집』은 있는 글을 다 모은 것이기도 하지만 모두 소중해서 다 모은 것이기도 하다.

미당 선생 생전에 『서정주문학전집』이 일지사에서, 『미당 시전집』이 민음사에서 간행된 바 있다. 벌써 몇십 년 전의 일이다. 오늘의 관점에서 보면 그 책들은 수록 작품의 양이나 정본의 측면에서 아쉬움이 많다. 지난 몇 년 동안, 본 간행위원회에서는 온전한 전집을 만들기 위해서 많은 수고를 아끼지 않았다. 서고의 먼지 속에서 보낸 시간도 시간이지만 여러 판본을 두고 갑론을박한 시간도 만만치 않았다. 특히 미당 시의 정본을 확정하고자 미당 선생의 시작 노트나 육성까지 찾아서 참고하고 원로 문인들의 도움도 구하는 등 번다와 머뭇거림을 마다하지 않았다. 참으로 조심스러운 궁구를 다하였으니, 앞으로 미당 시를 인용할 때 이 전집에 의존하는 경우가 점점 많아지기를 바랄 뿐이다.

한편으로, 미당 전집의 출간은 두려운 일이다. 그것은 미당 선생의 모든 작품을 제대로 보여 준다는 형식적 의미를 지니기 때문이다. 세상에 어떤 전집이 있어 미당 선생의 모든 작품을 제대로 보여줄 수 있을 것인가? 우리에게도 그것은 현실이 못되고 희망이겠지만 그래도 우리는 그 희망에 최대한 가까이 가고자 했다. 우리가 그 희망에 얼마만큼 근접했는지는 앞으로의 세월이 증명해 줄 것이다. 다만 지금으로서는 지극한 정성과 불안한 겸손이 우리의 몫일 따름이다.

마지막으로 감히 말하건대, 우리는 미당의 전집 간행을 긍지와 사명감으로 하고자 했다. 우리는 미당을 통해서 이 세상에는 아주 특별한 것이 아주 드물게 존재함을 알게 되었다. 그리고 그 특별하고 드문 것을 우리 손으로 정리해서 한곳에 안정시키는 일에 관여하는 기쁨을 누렸다. 우리의 기쁨이 보람이 있어 세상의 기쁨이 된다면 그 기쁨은 곱이 될 것이다. 아니 그보다 미당의 문학이 이 세상에서 제 몫의 대접을 받게 된다면 우리는 사필귀정事必歸正이라는 네 글자를 진리로 받들면서 더 큰 기쁨을 누릴 것이다.

미당 선생 탄생 100주년이 되는 해의 유월에
미당 서정주 전집 간행위원회

이남호, 이경철, 윤재웅, 전옥란, 최현식

차례

여름 노래

가을 노래

겨울 노래

제12시집 **팔할이 바람**

일러두기

1. 이 시 전집은 서정주 시(950편)의 정본을 확정하고자 한다. 『화사집』(남만서고, 1941) 『귀촉도』(선문사, 1948) 『서정주시선』(정음사, 1956) 『신라초』(정음사, 1961) 『동천』(민중서관, 1968) 『서정주문학전집』(일지사, 1972) 『질마재 신화』(일지사, 1975) 『떠돌이의 시』(민음사, 1976) 『서으로 가는 달처럼…』(문학사상사, 1980) 『학이 울고 간 날들의 시』(소설문학사, 1982) 『안 잊히는 일들』(현대문학사, 1983) 『노래』(정음문화사, 1984) 『팔할이 바람』(혜원출판사, 1988) 『산시』(민음사, 1991) 『늙은 떠돌이의 시』(민음사, 1993) 『80소년 떠돌이의 시』(시와시학사, 1997)를 저본으로 삼았다.

1-1. 『서정주시선』에 재수록된 『화사집』과 『귀촉도』의 작품은 『서정주시선』 본을 기준으로 삼았다.

1-2. 『서정주문학전집』 '신라초'에 추가된 4편을 이번 전집에 포함했다. 시집 『질마재 신화』 2부 '노래'에 실린 12편은 이 전집의 『질마재 신화』에서 제외하고 『노래』에 수록했다. 『80소년 떠돌이의 시』는 시집 2판(2001년)에 추가된 3편을 포함했다.

2. 판본마다 표기가 다른 경우, 첫 발표지와 초판 시집, 『서정주시선』 『서정주문학전집』 『서정주육필시선』(문학사상사, 1975), 시작 노트 등을 종합 비교하여 시인의 의도가 가장 잘 반영된 것으로 보이는 표기를 선택했으며, 시인이 직접 교정한 것이 확실한 경우 반영하고 편집자주를 달았다.

3. 원문의 세로쓰기는 가로쓰기로 바꾸었으며, 띄어쓰기는 특별한 경우가 아니면 현대 표기법에 따랐다. 한자는 한글로 바꾸고 뜻의 파악을 위해 필요한 경우에만 함께 적었다.

4. 작품의 소릿값 존중을 원칙으로 하되, 소리의 차이가 없는 경우 표준어로 바꾸었다.

5. 미당 특유의 시적 표현(사투리, 옛말 등)은 살리고, 한글 맞춤법 통일안에 어긋난 표기와 명백한 오·탈자는 바로잡았다.

6. 외국의 국명·지명·인명은 외래어 표기법에 따르지 않고 시인의 표현을 그대로 따랐다.

7. 원본 시집의 각주는 *로 표시했고, 그 외는 편집자주라고 밝혔다.

8. 단행본과 잡지 제목은 『 』, 시와 소설은 「 」, 노래, 그림, 연극 등은 〈 〉로 표기하였으며, 신문명은 부호를 넣지 않았다.

9. 시집에 실린 자서, 후기, 시인의 말, 머리말은 '시인의 말'로 통일하여 각 시집 편 맨 앞에 넣었다.

10. 부록으로 서정주 연보는 제3권, 작품 연보는 제4권, 수록시 총색인은 제5권에 수록했다.

제11시집

노래

시인의 말

원래 시란 동양에서나 서양에서나 노래 부를 수 있는 것으로 쓰여져 왔던 것이어서, 19세기까지만 해도 그 상당수가 작곡도 되었던 것인데, 도시의 상공업 중심의 산업 혁명 이후, 자연 과학 중심의 기계 문명 사회가 이루어지면서부터 그 시들의 다수가 노래 부르기에는 부적당한 것으로 치우쳐 왔고, 많은 사람들이 부르는 노래—유행가란 것에는 시의 수준보다 저급으로 평가되는 그 작사자라는 게 따로 있어 오늘에 이르고 있다.

그러나 이것은 당연하지 못한 불행인 것만 같다. 오늘날 동서양의 각국에서 왕성히 수요되는 유행가의 범람과 그 가사의 저질성 등을 대조해 깊이 생각해 볼 때 우리는 여기 대해서도 눈감고 모른 체만 할 수는 없는 것 같다. 아니, 그 가사의 질적 향상에의 책임감을 안 느낄 수가 없는 것이다.

그래서 나는 금년—1983년 1월로부터 12월까지 문학잡지 『현대문학』에 매달 몇 편씩의 작곡을 위한 가사용 시편들을 시험삼아 써 발표해 와서, 그걸 모아 이번에 이 『노래』라는 시집을 내놓게 되었다. 클래식의 작곡가들은 물론, 유행가의 작곡가들께서도 나의 이런 취향에 찬동하시어 많은 조력이 있으시기를 부탁드릴 따름이다.

이 책은 정음문화사장 최철해 형의 깊은 후의로 이렇게 보기 좋은 책이 될 수가 있었다. 감사한다.

여기 실린 56편 중 48편은 『현대문학』지에 연재해 온 것이고, 8편은 졸시집 『질마재 신화』에 실었던 '노래' 시편 12편 중 8편을 다시 손대 약간 고쳐서 추가했다.

1983년 11월 15일

관악산 밑 봉산산방에서

* 편집자주—이 전집에서는 시집에서 누락된 4편(「단오 노래」, 「유둣날」, 「국화 향기」, 「2월의 향수」)을 추가했다.

봄 노래

봄눈 오는 골목에서

봄눈 오는 골목에서 생각해 보니
사랑에 에누릴랑 못하겠습네.
대밭 속에 둘이 숨어 싸각이거나
솔밭 속에 둘이 숨어 서성일망정
그 에누린 죽어도 못하겠습네!

봄눈 오는 골목에서 생각해 보니
내 사랑에 먹칠일랑 못하겠습네.
다락 같은 내 색시를 걸어 놓고서
산에도 바다에도 뜬구름에도
먹칠하고 말잔 말은 못하겠습네!

밤에 핀 난초꽃

하늘이 저렇게도 침묵만 하니
난초는 안타까워 꽃 피는 거냐?
그 사랑 맺어 맺어 꽃 피는 거냐?
그래서 그 향기도 유별난 거냐?

깊은 밤 잠도 안 와 이불 여밀 때
벼개맡에 와 닿는 난초 향기에
못다 한 내 사랑엔 눈물만 흘러
지샐 녘 달빛만을 적시우나니……

상사초

입춘이 지나고 우수가 오면
맨 먼저 땅에 나는 상사초 싹아.
겨우내 이쿠어 온 우리네 사랑
어쩌지도 못하는 우리네 사랑
도맡아서 하늘에 알리는 거냐?

상사초는 싹이 난 뒤 여섯 달 동안
사랑의 잎으로만 너울거리고,
입추의 가을바람 서러울 때야
너무나 그리운 꽃 잠시 피는 꽃
그리고 여섯 달은 하늘에 피네.

상사초 돋아나는 그 뒤안길은
이 겨레의 사랑이 숨어 살던 길.
반쯤만 세상에 반은 하늘에
보일 만 안 보일 만 가슴 설레던
이 나라 사랑이 오고 가던 길.

매화꽃 필 때

매화 피는 돌담 옆을 돌아가면은
볼우물로 사랑니로 눈웃음 웃는
오목녀네 이얘기가 살고 있는 집.
시냇물에 어리는 흰 구름같이
오목녀네 눈웃음이 서려 있는 집.

오목녀네 울타리를 끼고 돌면은
오목녀네 보리밭에 안끼인 하늘.
그 하늘 속 치솟는 종달새 노래.
하느님네 식구들의 맘에 들자고
낄끼르르 웃어자친 종달새 노래.

매화에 봄 사랑이

매화에 봄 사랑이 알큰하게 펴난다.
알큰한 그 숨결로 남은 눈을 녹이며
더 더는 못 견디어 하늘에 뺨 부빈다.
  시악씨야 네 님께선 네가 제일 그립단다.
  매화보다 더 알큰히 한번 나와 보아라.

매화 향기에선 가신 님 그린 내음새.
매화 향기에선 오는 님 그린 내음새.
갔다가 오시는 님 더욱 그린 내음새.
  시악씨야 네 님께선 네가 제일 그립단다.
  매화보단 더 알큰히 한번 나와 보아라.

* 편집자주—시집 『질마재 신화』 수록 시의 제목은 「매화」였다. 1, 2연의 4행 '네 님께선'은 '하늘도 님도'를 고친 것이다.

동백꽃 타령

추녀 끝에 고드름이 주렁주렁한
겨울날에 동백꽃은 피어 말하네—
"에잇 쌍! 에잇 쌍! 어쩐 말이냐?
진사 딸도 참봉 딸도 못 되었지만
피기사 왕창이는 한번 펴야지!"
아무렴 그렇지 그렇고말고
고드름 겨울에도 한번 펴야지.

동백꽃은 힘이 나서 다시 말하네—
"부귀영화 그깐 거야 내사 싫노라.
이왕이면 새 수염 난 호랑이 총각
어디메도 얼지 않는 호랑이 총각
산 넘어서 강 건네서 옆에 와 보소!"
아무렴 그렇지 그렇고말고
이빨 좋게 웃으면서 한번 와 보소!

3월이라 한식날은

3월이라 한식날은 성묘 가얘지.
동태 살에 달걀 묻혀 전야를 굽고,
하늘까정 웽하게는 전야를 굽고,
백자병에 찬술 담어 받쳐서 들고,
점잔한 흰옷으로 성묘 가얘지.

서산 나귀 봄풀 뜯는 언덕을 넘어,
진달래꽃 속삭이는 산등성이로
소나무숲 헤치고 또 헤치면서
반만년의 옛어른들 찾아가얘지.
찾아가서 통사정을 해나 봐얘지.

동백꽃 제사

선운산에 새빨간 동백꽃들이
송이송이 떨어져 내리는 날은
선운산 사람들은 그 꽃 줏으며
그 꽃의 넋에다가 소원을 실어
하늘 깊이 하느님께 올려 보내요.

춘향이는 속눈썹을 지그시 감고
'이 도령과 짝이 되게 해줍시사'고,
이 도령은 그 꽃에다 입술을 대며
'춘향이와 백년살이 시켜달라'고
그 진 꽃에 소원 실어 멀리 보내요.

나 같은 늙은이는 젊고 싶어서
'동백꽃 너같이만 젊고 싶구나'
마음속에 외오치며 하늘을 보면
'네 마음이 내 맘이다 염려 말어라'
하늘도 침묵으로 대답이시요.

두견새와 종달새

한밤중에 슬프게 목울음 우는
선운산 두견새에 그 까닭을 물으니
"서러워도 너이는 울 줄도 몰라
내가 대신 우노라"고 대답합디다.

이른 아침 하늘 높이 깔깔거리는
선운산 종달새에 그 까닭을 물으니
"너이는 어린애 때 웃음도 잊어
내가 대신 웃노라"고 대답합디다.

촌사람으로!

보리밭에 초생달이 떠오르걸랑
그대는 모란 같은 찐한 향기로!
느티낡에 솔작새가 울어자치는
슬픔만이 겹치는 밤이드래도
그대는 보리 빛깔 알발을 벗은
안 지치는 안 지치는 촌사람으로!

진달래와 갈매기

산에 산에 진달래는
먼 바다가 그리워
갈매기 소리 흉내내
산속으로 부르고,

바다 바다 갈매기는
진달래꽃 소리로
머언 머언 산둘레를
바다 위로 부르고.

늙은 농부의 자탄가

사이좋은 형제처럼 이웃처럼
오손도손 감꽃들이 피어나누나.
볼따구닐 부비면서 피어나누나.
우리는 어찌해서 남남이 되어
감꽃만도 못하게 산단 말이냐!?

늙은 할멈 데불고 모 심어 봐도
진종일 세 마지기 채 다 못 심고
초생달만 저만치서 인사로구나!
우리는 왜 뿔뿔이 헤어져 살어
하늘까지 남 보게만 한단 말이냐!?

초파일의 신발코

모든 길은 신발코에서 떠나갔다가
돌아 돌아 신발코로 되돌아오네.
판문점을 동서양을 돌고 돌아도
신발코로 신발코로 되돌아오네.

사월이라 초파일 밤 절간에 가서
등불 하나 키어 놓고 오는 그 길도
산두견새 울음 따라 돌고 돌아서
신발코로 신발코로 되돌아오네.

* 편집자주—시집『질마재 신화』수록 시의 제목은「초파일의 버선코」였다. 1연 3행 '동서양'은 '평양'을 고친 것이다.

노자 없는 나그넷길

제비같이 훨얼훨, 나비같이 펄얼펄
멋쟁이는 정말 진짜 멋쟁이지만
어쩌다 보니 노자도 없는 나그네 신세.
사공아 공짜로 한번 건네여다우.
하늬바람 배삯으로 한번 건네 보자우.

"저승에 들자니 노자나 있느냐"고
진달래 핀 산에서 육자배기 들리네.
저승에 가려 해도 노자 없기는
옛날이나 지금이나 마찬가지 아닌가.
육자배기 배삯으로 한번 건네여 주게.

검은 머리 아가씨

검은 머리 아가씨가 어두운 밤에
혼자서 밤길을 걸어서 가니
제일로 반갑다고 밤이 말하네.
쓸쓸하지 않다고 별도 말하네.

쌔캄한 먹글씨로 시를 써놓은
이태백이 귀신한테 찾아갔더니
"내 시보다 낫다"고 칭찬을 하네.
때깔이 더 좋다고 칭찬을 하네.

검은 머리 아가씨가 시집을 가니
지붕 위의 박꽃이 눈웃음 짓고,
울 너머 시냇물도 점잔해지고,
하늘의 숨소리도 평안해지네.

돼지 뒷다리를 잘 붙들어 잡은 처녀

옛날에 옛적에 고구렷적에
하늘에다 바치려고 매논 돼지가
고삘 끊고 산으로 도망을 갔네.
요리조리 철쭉꽃 가지 굽듯이
철쭉꽃 사잇길을 요오리조리.
철쭉꽃 사잇길을 요오리조리.

이 세상에서 술통을 제일 잘 만드는
술통 마을 허리 좋은 스무 살 처녀
이빨 좋고 눈 좋은 힘센 처녀가
맵싸게는 뛰어나와 그 돼질 따라
그 뒷발을 냉큼성큼 움켜잡았네.
철쭉꽃 맵시보다 못하진 않네.

그래서 옛적에 고구렷적에
주먹 좋고 살 좋은 임금께서는
그 처녀를 떼메다가 아낼 삼았네.
도망치는 돼지 다릴 붙들어 잡듯

어느 밤도 새벽도 매우 암팡진
이 처녀와 재미를 많이 보았네.

산그늘

마음속에 모란 같은 사랑의 꽃이
휘영창이 휘영창이 피는 사람은
높고도 큰 산그늘로 몸을 가리네.
산그늘에 그 향기를 먼저 적시네.

"한오백년 사자는데 웬 잔말이요?"
누군가가 구름 보고 노랠 부르면
"백만년을 천만년을 한 시간 잡아
사는 것이 좋겠다"며 눈 깜작이네.

진부령의 처갓집

진부령 까치마을 우리 처갓집
찾아들어 한 사흘 편히 쉬구서
떠나려니 이슬비가 축축이 오네.
"더 있으라 이슬비가 저리 온다"고
장모님은 좋아라고 만류하시네.

"가라고 가랑비가 내리는데요."
내가 살짝 한마디를 건네었더니
"진부령서 제일로 미련한 곰도
그런 소린 않을 거다." 미소하시네.
진부령 처갓집에 있을 이슬비.

쑥국새 타령

옛날에 옛적에 고구렷적에
금강산에 목욕하는 선녀의 옷을
감추고서 하늘도 못 가게 하고
꼬여서 데리고 산 녀석 있었지.
아들딸까정 낳은 나무꾼 녀석.
에이끼 어리석은 나무꾼 녀석!

그리하여 살 아끼는 정도 들어서
인제는 도망가진 않을 거라고
그 선녀옷 숨겨둔 델 일러주었지.
하늘 속의 신선놀음 그것보다도
제까진 게 나은 줄로 착각을 했지.
지질히도 못난 녀석 나무꾼 녀석!

그랬더니 어느 날은 그 마누라가
점심상에 맛난 쑥국 끓여 놓아서
맛이 좋아 훌쩍훌쩍 처먹노라니
에그머니 저를 어째? 우리 선녀는

선녀옷 찾아 입고 새끼 끼리고
하늘 속에 구름 가듯 날아서 가네!

웬숫놈의 쑥국 땜에 이리 됐다고
가슴을 찧고 찐들 무슨 소용고?
분통이 터져 본들 별수 있는고?
나무꾼은 울고 불다 숨넘어가서
산골째기 목이 잠긴 쑥국새 됐네.
쑥국쑥국 먼산돌이 쑥국새 됐네!

여름 노래

비 오시는 날

이리도 차분히 비 오는 날은
충청도라 중복산 그 너머 산골
맑디맑은 냇물에 쉬어서 노는
물고기들 정말로 호젓할 거야.

그것을랑 우두머니 굽어다보는
낙락장송 소나무도 호젓할 거야.
그러니까 우리들도 마지못해서
콩이나 보리라도 볶아서 먹네.

찔레꽃 필 때

찔레꽃에 해가 떴다 해가 지고서
초생달이 떠오르면 정말로 묘해.
손톱에도 초생달이 떠올라 오는
열일곱 살 계집애가 그 곁에 서면
그건 묘해 정말로 정말 더 묘해.

솥작새 새로 우는 초저녁 길을
계집애가 풋살구를 숨켜 갖고 와
나하고 단둘이서 노나 먹으면
찔레야 네 옆에서 노나 먹으면
맛이 좋아 정말로 맛이 참 좋아.

구약舊約

보리밭에 보리를 거둬들일 땐
들린 이삭 모조리 다 줏지 말고
어느 만큼은 거기에다 남겨 두어라.
그래야만 산새들이 주워서 먹고
고단한 네 곁에 와 노랠 부르리.

고구마밭 고구마를 캐낼 때에도
쬐그만 건 거기 더러 남겨 두어라.
그래야만 제껏 없는 어린애들이
캐어서 먹으면서 좋아 웃으리.
그래야만 하누님도 좋아 웃으리.

바다에서 캐어내는 비싼 전복도
해녀여 깡그리 다 따지는 말고
몇 개쯤은 그대로 남겨 두세요.
그래야만 그대 님이 찾아온 날에
눈깜작새 캐어다가 줄 수 있으리.

우리나라 백자 그릇

우리나라 백자 그릇엔 억만 리가 놓였네.
호랑이도 용들도 학두루미도
뛰어가도 날아가도 못 구경하는
하누님의 안방문이 훤히 열렸네.

외씨버선 신고서 합죽선을 들고서
시나위로 풍류로 마후래기로
노래에다 춤으로 신바람으로
빙그르르 가야 할 억만 리가 놓였네.

석류꽃이 피었네

석류꽃이 피었네. 장고나 칠까?
소고 치며 마후래기 춤으로 할까?
그도 저도 놓아두고 바다로 가서
헤엄이나 한 십 리쯤 치고 오실까?

여보게 춘향이네 가야금 소리로
저녁 술참 석류꽃이 피었네 피었네.
건달뱅이 하늬바람 데리고 누워
낮잠이나 한바탕 자고 보세나.

땡감

감나무에 땡감이 열리어 있네.

이슬비가 그 우에 내려 뿌리네.

그 밑에서 애기가 오줌을 누네.

찌그만 풋고추로 오줌을 누네.

단군 할아버님 어디 가셨나 했더니

여기에 숨으셔서 웃고 계시네.

땡감 웃음으로 웃고 계시네.

장미

한여름에 피어나는 이쁜 장미를
장님은 코로써 맡아만 보며
좋다고 말하네 "어허 좋은디!"

그렇지만 잡것들은 꺾어서 들고
외입이나 하러 가네 어슬렁슬렁
"장미는 이래야만 장미니라"고.

그러신데 어떤 이는 넋두리하네
"네가 네가 하늘의 눈망울이다.
나는 나는 물러선 지 오래노라"고.

질마재의 노래

세상일 고단해서 지칠 때마다,
댓잎으로 말아 부는 피리 소리로
앳되고도 싱싱히는 나를 부르는
질마재. 질마재. 고향 질마재.

소나무에 바람 소리 바로 그대로
한숨 쉬다 돌아가신 할머님 마을.
지붕 우에 바가지꽃 그 하얀 웃음
나를 부르네. 나를 부르네.

도라지꽃 모양으로 가서 살리요?
칡넌출 뻗어 가듯 가서 살리요?
솔바람에 이 숨결도 포개어 살다
질마재 그 하늘에 푸르를리요?

열무김치

먼 나라에 갔다 와서 먹는 김치 맛.
어머니와 같이 먹는 열무김치 맛.
동포들 우리 정이 이만만 했어도
우린 벌써 열 번도 더 통일했을걸……

화투의 무 끗짜리 공산만 같은
이 나라에 또 하루 해는 지는데
목이 얼얼 코에 선히 어리어 오는
열무김치 그 맛만이 혼자 남었네.

해당화밭 아가씨

해당화밭 아가씨는 쌍고롬히 이쁜데.
토실한 두 뺨에는 땀방울도 이쁜데,
얼핏하면 노을처럼 얼굴을 붉혀
죄 진 꽃같이만 얼굴을 붉혀
그게 그게 웬일일까 생각했더니,
마침내는 미남자 머슴하고 돼
해당화밭 마을에서 뺑소니를 쳤더군.
어디 숨어 시방도 낮 붉히고 사는지?

불볕더위

쇠꼬리털 그슬리는 늦여름 햇빛
다홍으로 찐하게만 타고 있거라.
그래야만 이녁께서 가꾼 고추도
제 비로소 얼얼한 맛이 들어서
카아한 불쐬주엔 안줏감이라.

대구 미인

더위가 38도 넘어섰다니
저절로 대구 미인 생각이 나네.
눈매와 이빠디와 살결이 고운
팔도에서 으뜸가는 대구 미인.
으뜸가는 대구 더위가 만들어 내는
깡그리도 으뜸가는 그 대구 미인

불볕에 좋게 익은 불고추같이
모래밭 뙤약볕에 해당화같이
대단히는 세련된 그 대구 미인
어떠한 불지옥에 갖다 놓아도
까딱도 아니할 그 대구 미인.
아조나 잘생긴 그 대구 미인.

박꽃이 피는 시간

해 어스름 붉은 노을 곱게 탈 때면
초가집 지붕 위엔 박꽃 폈었지.
그러면 어머니는 그걸 보시고
저녁 지을 우물물을 길러 가셨지.
물동이 머리 이고 길러 가셨지.
　하얀 하얀 박꽃은 울 어머니 꽃.
　해 질 무렵 어머니가 잘 아시던 꽃.

고요하고 깨끗하게 박꽃이 피는
그 박꽃 시간에 어머니 지은
보리밥도 쌀밥도 다 맛이 좋았지.
수수밥 누룽지도 맛이 좋았지.
아무렴 그 숭늉도 맛 참 좋았지.
　하얀 하얀 박꽃은 울 어머니 꽃.
　해 질 무렵 어머니가 잘 아시던 꽃.

단오 노래

오월이라 단옷날에 수리치떡은
해보단도 더 뜨거워 혼자 못 먹네.
오라버니 오라버니 젓가락 줄까
잘 불어서 씹어 삼켜 먹어야 하네.
　단군님의 자손이라며 요게 무언가
　글쎄?
　세쌍동이라도 날 만한 힘 어따 두고……

오월이라 단옷날에 요놈의 살림
고추보단 더 매워서 혼자 못 먹네.
오라버니 오라버니 막걸리 줄까
홀짝홀짝 마시면서 먹어야 하네.
　단군님의 자손이라며 요게 무언가
　글쎄?
　세쌍동이라도 날 만한 힘 어따 두고……

유둣날

유월이라 유둣날은 살풀이 가세.
살풀이는 하여서 뭐가 풀리나?
동쪽으로 흐르는 물에 머리 감으면
머리털에 햇빛은 곱게 풀리네.
　머리 감고 님네 집 한 번 더 가자.
　우리 님이 감은 눈을 뜰지도 몰라.

"노세 노세 차라리 몽땅 다 노세."
건달들이 도道 깼다고 노래 부르네.
건달아 다 논다고 직성 풀리나?
우리 님이 감은 눈을 뜨게나 되나?
　머리 감고 님네 집 한 번 더 가자.
　우리 님이 감은 눈을 뜰지도 몰라.

칠석

까치야 까치야 다리를 놓까?
견우도 직녀도 다 어디로 갔나
기다려도 기다려도 오지 않지만,
삼팔선에 은하수, 칠석 은하수
미안해 미안해서 어떻게 하지?

까치야 까치야 다리를 놓까?
만나는 다리 놓던 재주라면은
기다리는 다리도 놀 수 있겠지.
까치야. 배가 흰 우리 까치야.
한 백 년 더 기다리는 다리나 놓까?

가을 노래

가는 구름

저 구름 어디서 와 어디로 가나?
어디서 섭섭하게 떠나서 와서
어디를 또 찾으려 저렇게 가나?
구름아, 오늘은 또 누구를 찾나?

으스러지게시리 안고서 딩굴
그런 님이 어느 나라 어디메 있어
그렇게도 애달프게 찾아 헤매나?
안타까운 눈을 가진 하얀 구름아.

무궁화에 추석 달

가슴에 구멍이 뚫린 사람이
무엇이 남았는가 생각해 보네.
무궁화에 추석달 보고 또 보고
보고 보고 또 보고 생각해 보네.

가슴에 구멍이 뚫린 사람이
어머님 거울 하나 생각해 내네.
무궁화에 추석달 보고 또 보고
보고 보고 또 보고 생각해 내네.

지금도 황진이는

지금도 황진이는 떠돌아다니는가?
짚세기는 벗어서 저승에다 감추고,
농구화나 한 켤레 두 발에 꿰고,
청바지나 하나 입고 헤매고 있는가?
'물은 옛 물 아니라'며 흘러서 가는가?
'산은 옛날 산이라'며 황혼길을 가는가?

황진이 황진이 양 어디에서 묵는가?
평양이라 기림리의 붉은 대감댁인가?
개성이라 밝은 유수留守 사랑방 신세가?
아니면 부산이라 자갈치 판인가?
비 내리는 목포 항구 왕대폿집인가?
아니면 청량리의 싼 여인숙인가?

오늘은 황진이여 어디메로 가는가?
쐬주 한잔 얻어먹고 시조 한 수 뽑으며
맥주 한잔 얻어먹고 유행가 한 곡 뽑으며
갈지자걸음으로 비칠비칠 가는가?

학두루미 날아가듯 빵소니쳐 가는가?

답답쿠나 황진이 양 어느 만큼 갔는가?

우리나라 소나무

우리나라 소나무는 괴로운 줄을 몰라
언제 무슨 고생이건 못 참는 것이 없어
그 밑에 가 서 있으면 정말 의지가 되네.
하늘 아래 세상에선 제일 의지가 되네.

거기다가 멋이 있네. 참한 멋이 있네.
거문고 가락보다, 마후래기 춤보다,
왈츠보다, 탱고보다, 차이코프스키보다도
휜칠하디휜칠한 멋들어진 가지여.

그 솔잎에 일어나는 솔바람 소리에는
이 목숨의 숨소리도 포개 평안하거니,
내 언제 이 세상을 하직하고 갈 때엔
그 소리에 합쳐져서 웃으면서 가리라.

이 가을에 오신 손님

이 가을에 오신 손님 이 세상에서
제일로 쓸쓸한 신발을 신고,
이 가을에 오신 손님 이 세상에서
한 송이 코스모스 얼굴이 되네.
이 가을에 오신 손님 이 세상에서
또다시 저 혼자서 떠나서 가네.

귀뚜리 울음소리 바지로 꿰고,
기러기 울음소리 웃옷을 입고,
흰 구름의 벙거지 머리에 쓰고
또 떠나네 또 떠나 떠나서 가네.
옛날에 도망쳐 온 흰말 한 마리
서성이며 헤매듯이 또 떠나가네.

대추 붉은 골에

—방촌 황희 선생의 어떤 시조를 받아서

대추 붉은 골의 논배미에선
참게가 덕시그르 기어 나오니
그것으로 담가 놓은 게장이 없겠나?

술독에 약주술이 무르익어서
그걸로 한바탕 거나하고 싶을 때
그걸 거를 체를 파는 체장수가 없겠나?

흰 수염에 매달리는 손주놈들 데불고
요로코롬 사시던 황희 씨 때가
그래도 술맛이사 좋았을 거야!

고구마 타령

굽 높은 구두나 한 켤레 신고
고단한 명사나 해선 뭘 하니?
언젠가 뒷구석에 감춰 두었던
그 고무신 꺼내서 두 발에 꿰고
고향에 가 고구마나 가꿔 보아라.
색시야 그래도 그게 그중 돟갔다.

고구마는 한 뿌리에 여나무 개씩
그래도 먹을 것이 달래달래 열리니,
새끼들을 우수리로 좀 더 깐대도
몇 개씩 안겨 주면 태평하겠지.
허기진 명사 노릇 그만 집어치우고
고향에 가 고구마나 가꿔 보아라.

* '돟갔다'는 '좋겠다'의 평안도 사투리.

우체부 아저씨

우체부 아저씨는 스무 살에도
쉰 살은 너끈한 얼굴 하시고,
월급은 제일로 적으시니까
끼니도 제대로는 못 채울 건데
못 먹은 기색일랑 일체 안 하고
또박또박 또박또박 걸어가시네.

날마다 여러 십 리 걸어다녀서
발바닥이 두꺼워져 그러시는지
고단한 내색도 영 안 보이고
힘 좋은 거북이 용궁을 가듯
오늘도 또박또박 걸어가시네.
또박또박 또박또박 걸어가시네.

시월이라 상달 되니

어머님이 끓여 주던 뜨시한 숭늉,
은근하고 구수하던 그 숭늉 냄새,
시월이라 상달 되니 더 안 잊히네.
평양에 둔 아우 생각 하고 있으면
아무래도 안 잊히네. 영 안 잊히네.

고추장에 햅쌀밥을 맵게 비벼 먹어도,
다모토리 쐬주로 마음 도배를 해도,
하누님께 하누님께 꿇어 엎디려
미안해요 미안해요 암만 빌어도,
하늘 너무 밝으니 영 안 잊히네.

국화 향기

국화 향기 속에는 고향이 깔리네.
아내여 노자 없어 우린 못 가고
아들하고 딸한테 미뤄 당부한
고향의 옛 산천이 깔려 보이네.

국화 향기 속에는 열두 발 상무.
한국의 멋쟁이 농부라야만
국으로 쑥으로 공짜로라도
하늘에 그만큼 한 짱구머리 춤일세.

국화 향기 속에는 미어진 창호지.
그 사이 스며드는 서리찬 바람.
약도 없이 앓으시는 우리 어머님
약 없이도 나을 거라 누워 계시네.

겨울 노래

눈이 오면

눈이 오면 눈 오면 산으로 갈까?
혼자서 혼자서만 산으로 갈까?
님 그리는 이 마음 산에서 홀로
또 하나 산이 되어 솟아 있을까?

눈이 오면 눈 오면 바다로 갈까?
혼자서 혼자서만 바다로 갈까?
님 그리는 이 마음 바다에 홀로
출렁이는 물결 되어 하늘에 닿을까?

함박눈이 수부룩이 내리는 날은
길거리로 나가서 쏘다녀 볼까?
그린 님 모습 모습 눈여겨보며
큰 거리도 뒷골목도 헤매어 볼까?

까치야

까치야 까치야 배가 흰 까치야.

어디메 하늘에서 태어났기에,

무슨 마늘 먹고서 자라났기에,

아직도 너는 그리 배가 하얗니?

김칫독에 김치맛이 다 들어간다고

멀리 가신 우리 님께 가서 알려 주려마.

내 사랑 그리움의 편인 까치야.

우리처럼 배가 흰 우리 산까치야.

기럭아 기럭아

기럭아 기럭아 너는 무슨 재주로
꽁꽁 언 하늘을 이마로 걸어 걸어
구만 리 먼 나그넷길 지칠 줄도 모르늬?

맨드래미 봉사꽃의 그 무슨 한이기에
동지섣달 밤하늘을 이마로만 걸어 걸어
잠도 없이 서러운 영원처럼만 가느냐?

겨울 여자 나그네

겨울이면 목포나 군산 같은 데
겨울 여자 나그네를 만나러 가네.
얼지도 못하고 서성거리는
파도야 너 같은 여자 나그넬……

선창가에 즐비한 왕대폿집에
날다가 지쳐 앉은 기러기처럼
끼룩끼룩 나른이 노래 부르는
겨울 여자 나그네를 찾아서 가네.

이 겨울은 무슨 꿈을 어떻게 꾸고,
봄이 오면 또 어디로 날아갈 건가?
쐬주 한상 차려 놓고 얘기해 보세.
젓가락 장단 치며 얘기해 보세.

겨울 소나무

소나무야 소나무야 겨울 소나무
너는 왜 이 겨울에 더 푸르르냐?
무슨 피 무슨 피의 무슨 애인 가져서
눈부시게 눈부시게 푸르르느냐?

약손가락 끊어서 피를 흘려서
죽는 남편 목구멍에 흘려넣고서
청상과부 홀몸으로 웃고 살다 간
내 할머니 미소 같은 너 솔나무야.

동짓날

눈 내리는 동짓날에 팥죽을 쑤면
먼 산에 까치들이 생각이 나지.
그렇지, 그러고는 옛날 옛날의
황진이 황진이도 생각이 나지.

동짓달 긴긴밤에 혼자 누었던
떠돌이 황진이의 외로운 허리,
쓸쓸하디쓸쓸했던 그 시조 가락,
눈에 뵐 듯 삼삼히는 생각이 나지.

눈 오시는 동짓날에 팥죽을 쑤면
산에 사는 까치들의 안씨런 숨결,
황진이 황진이들 서러운 입김
사방에서 피어나지. 피어 나오지.

오동지 할아버님

"콩으로는 메주를 쑬 것이구요.
팥으로는 팥죽을 쑬 것입니다."
아무리 일러 드려도 곧이 안 듣는
오동지 할아버님 고드름 수염.
빳빳이만 뻗어난 고드름 수염.

"눈 감으면 코 베 먹어, 코 베어 먹어!"
그래서 동지섣달 첫새벽부터
담뱃대로 재떨이만 또드락거리는
오동지 할아버님 안 감기는 눈.
감으려도 감으려도 안 감기는 눈.

섣달그믐

온 세상이 꽁꽁꽁 얼어서 붙는
섣달이라 깡캄한 그믐밤이면
깊은 산에 호랑이는 양기가 뻗쳐
강 건너 강 건너서 장가간다네.
얼씨구, 우리도 장가나 가 볼까?

섣달이라 그믐밤의 강치위래야
소나무 대나무도 제 빛 낸다네.
호랑이보다야 송죽보다야
으쓱 더 쓸모 있는 대한 총각들
얼씨구 섣달그믐 장가나 듬세.

설날의 노래

멋있게 멋있게 아주 멋있게
굽어서 뻗어서 나붓거리는
저 소나무 가지가 가리키는 곳으로
이 설날은 걸어서 나가 볼꺼나?

까치 소리, 된장 냄새, 가슴에 안고
이 세상의 끝까지 나가 볼꺼나?
하늘은 억만 리, 땅도 억만 리,
제일 먼 별에까지 나가 볼꺼나?

운수 좋은 사우디로, 아프리카로,
넉살 좋은 아메리카, 유럽으로
가 볼꺼나, 저 소나무 가지 끝 따라
어느 별의 속으로나 가서 볼꺼나?

새벽 애솔나무

소나무야 소나무야 겨울 애솔나무야
네 잎사귄 우리 아이 속눈썹만 같구나.
우리 아이 키만 한 새벽 애솔나무야.

통일된다 하는 말 그거 정말 진짤까.
겨우 새 뿔 나오는 송아지 눈으로
꿈벅 꿈벅 앞만 보는 우리 애솔나무야.

고추장이 익는다 고추장 주랴?
눈이 온다 눈 온다 눈옷을 주랴?
기러기 목청이나 더 보태 주랴?

천만 번 벼락에도 살아남아 가자고
겨울 새벽 이 나라 비탈에 서 있는
너무 일찍 잠 깨난 우리 애솔나무야.

연날리기

콩나물에 고추장에 비벼 먹구선
언덕 위에 올라가서 연을 날리네.
연자새에 연실이 다 풀리어서
내 연이 산 위에서 감실거리면
또다시 내 마음속 연실을 풀어
끝없이 끝도 없이 날려 보내네.

그러다가 복동이와 연씨름이 붙어서
내 연실이 끊어져 내 연이 혼자
가물가물 산 너머 사라져 가면
내 마음도 그 뒤따라 끝없이 가네.
졌다는 생각도 두루 다 잊고
멀리멀리 끝없이 뒤따라가네.

돌미륵에 눈 내리네

돌미륵에 눈 내리네, 임자도 오게.
병풍 속에 그린 닭이 홰를 치면서
울어도 울어도 못 오겠다던
임자, 임자, 어허이, 임자도 오게.

돌미륵에 눈 내리네, 임자도 오게.
섬돌에 난 봉사꽃이 봉오리 터서
피어도 피어나도 안 오겠다던
임자, 임자, 어허이, 임자도 오게.

총각김치

고향 떠나 먼 나라의 식탁에 앉으면
못 견디게 생각나는 그 무엇이 있지요.
서너 살 때부터서 맵게 먹어 맛들인
총각김치 총각김치 알큰한 그 총각이요.

'라스베가스'서 권투하기 전에도
'사우디아랍'에서 막일을 한 뒤에도
생각나고 생각나는 그 총각김치,
멸치젓에 고추냄새 알큰한 그 총각이요.

싱거웁게 사는 것이 아니꼬울 때,
어리무던한 것이 죽도록은 싫을 때,
문득문득 생각나는 그 총각김치
내 조국의 내음새, 고향의 그 맛!

총각김치 타령

1

총각

"아가씨여 아가씨여 그대가 담근
총각김치 잡숴 보니 맛이 어때요?"

처녀

"알큰하고 얼얼하고 시끈하여서
뭣이라고 말을 할지 모르겠시요."

2

총각

"둘이 먹다 하나가 죽어 버려도
정말루 뭐라 할지 모르겠나요?"

처녀

"아니요. 한오백년 함께 사자니
후렴이 너무 길어 그런 겁지요."

3

총각

“가령 가령 그 맛을랑 말씀하기면
뭐라고나 하셨으면 좋시겠나요?”

처녀

“하늘에 해와 달도 별들까정도
모두 다 슬며시는 눈을 감네요.”

2월의 향수

까치발, 까치발, 눈 위에 가는 까치발.
까치발을 따라서 산 넘어 갈까.
창호지, 창호지, 울 어머님 창호지.

창호지 연 날려서 기러기 뒤따를까.
하늘 한창 차지니 느는 어머님 생각.
선죽교 옆 개성의 어머님 생각.

찬바람, 찬바람, 옷 속에 드는 찬바람,
찬바람에 몰려오시다 어디만큼 섰는가.
숨소리, 숨소리, 울 어머님 숨소리.

푸르게 언 하늘에 퍼지다가 어는가.
내 손톱빛 더 붉으니 치미는 어머님 생각.
선죽교 옆 개성의 어머님 생각.

제12시집

팔할이 바람

– 담시로 엮은 자서전

시인의 말

여기 상재하게 된 졸시 『팔할이 바람』은 말하자면 자유시형 담시(Ballade)의 문장 형식으로 시험적으로 표현된 내 요약된 자서전으로서, 1987년 7월부터 12월까지 반년간 일간스포츠지에 연재하여 전부 52장으로 매듭지은 것이다. 이 장시에서 나는 내 어렸을 때부터 70의 고희에 이르기까지의 내 생애에서 잊혀지지 않는 사건들만을 다루었다.

그리고 나는 이 시에서 형용 수식의 미가 아니라 행동들의 조화의 패턴이라는 것을 내 나름대로 여러모로 시험적으로 추구하여 이것들을 현대의 욕구 불만자들에게 참고로 제시해 볼 목적이었는데 이게 어느 만큼이나 그 효력을 나타낼 수 있을는지 그건 나로서도 미지수일 따름이다.

이것이 무엇으로건 우리 시의 한 매력이 될 수 있었으면 하는 희망을 걸어 볼 뿐이다.

끝으로 이 시집의 맞춤법은 내 원고에 충실했음을 밝혀 둔다.

1988년 1월 15일
관악산 봉산산방에서

사내자식 길들이기 1

음력으로 오월도 열여드레니
삼삼히 옥물 들인 세모시 옷으로
멋 낸 갈보 허리께도 시큼케 하는
잘 익은 살구나무도 그 어메 있을라.

손등에 굵은 심줄 새파랗게 드러난
진땀 나는 삼십 대의 수녀 같은 색시가
웃도리만 입은 나를 참말로 사랑해
그 무릎에 끌어안고 부채질을 해주시네.
빨가벗은 내 아랫도리 꼬치에다가
귀엽다고 더 열심히 부채질을 해주시네.

방 안에는 성탄절날 수녀 같은 색시들이
대여섯 명, 그중에 한 색시가 말씀을 하네.
내 꼬치 모양이 특히 좋다고 굽어다보며
"아흐 고 꼬치에 땀 방울이 이뻐" 하고
음력 초사흗날 달눈썹 아래
초롱 같은 두 눈에 불을 밝혀 속삭이네.

아아 나로 말하면, 이 나로 말하면
그 말씀과 그 눈 그 눈썹을
아조 잊어버릴 수는 영원히 없을 거야.

그런데 그 세월이 얼마를 지냈는지
나는 그만 어줍잖은 병에 걸려서
우아랫도리를 새빨갛게 벗긴 채
마당 흙바닥 우에 가 내동댕이쳐져 있었네.

그랬더니
고된 일에 두 손이 갈퀴같이 된 할머니는
시렁에서 날 선 낫 한 자루를 들고 나와
내 누워 있는 몸뚱이 갓을 에워싸고
드윽드윽 그 낫 끝으로 땅을 그으며
"어쐬 귀신아 물러가라!"고
하늘 한쪽을 흘겨보시며 왜장을 쳤네.

그러나 그 귀신이 날 센 낫 끝도 이겨 내자

이번엔 한문도 꽤나 잘하는 아버지가
나를 둘쳐업고 가서
멀고도 호젓한 당산 밑 개울물의 징검다리의
넓적한 바위 우에—
한여름 햇살에 따끈히 달은 바위 우에
엎드려 눕혀 놓곤 달아나 버리시었네.

사람의 날간을 빼먹는다는 문둥이며,
찢어서 먹는다는 늑대 호랑이만을 생각하며
나는 오도도도 바람에 사시나무 떨듯 하고만 있었는데,
그래도 어느 사인지 그 햇볕에 노그라져
애살풋이 애살풋이 잠이 들어 있었나 봐.
호랑이 아홉 번을 물려 가면서도
잠과 꿈은 또 가끔은 있는 거니까……

몇 시간이나 지냈는지,
해 설핏할 무렵에야 데친 시금치처럼 된 나는
다시 아버지 등에 업혀 집으로 돌아왔는데,

유식한 아버지는 뒤뜰 복숭아나무에서
잎사귀를 하나 골라서 따다가는
맑은 우물물에 깨끗이 깨끗이 씻어서
거기 한문으로 먹글씨 하나를 써서
밥풀로 내 등때기에 정성들여 붙여 노셨네.
그리하여 내 학질은 게 눈 감춘 듯
고스란히 거짓말같이 나어 버렸네.

고로코롬 하구서는 날마다 말씀야
해가 동산 우에 한 뼘가웃쯤 올라올 때부터
식구들은 모조리 들일을 나가고
나 하나만 집지기로 남겨 놓았는데
이건 어린애로선 견디기 어려웠네.
툇마루 끝에 걸터앉아 두 다리를 동동거려 보아도,
담장 밑까지 걸어가서 담장의 흙을 뜯어먹어 보아도,
다시 툇마루로 돌아와 다듬잇돌을 베고서
먼 산, 빼꾸기 소리에 숨결을 맞춰 보아도 헌둥하고
무섭고 서럽기만 하였네.

아돌프 히틀러를 다룬 무슨 영화에도
히틀러의 온갖 지랄의 사이사이마다
뻐꾹뻐꾹 울어 대는 뻐꾹새 소리가 있었지.
히틀러는 잘 못 들었겠지만
이것이 바로 영원이 내는 소리인 것인데,
영원이 내는 시계 소리 같은 것인데,
순수히 이것 한 가지만을 듣고 살아 있는 것도
어린애에겐 그렇게 수월한 일은 아니었네.

사내자식 길들이기 2

쇠꼬리도 태운다는 음 칠월의 햇살에
바람도 꼬박 잠들고
고추밭 고추들만 붉게 붉게 물들면서
산골 속 바닷가의 쉬흔 채의 마을에선
장자의 꿈속의 나비 한 마리가 금방
생겨날 듯 생겨날 듯만 했는데,
아아 과연이로다!
이 뜨거운 한낮의 뜨거운 간통사건 하나
어느 구석의 고랑에서 드러나
소문내는 나팔은 뚜왈랄랄 뚜왈랄랄
점잔한 징까지도 지잉 지잉 지잉
방정맞은 꽹과리들마자 꽹 꽹, 꽹그르
이에 딱 맞는 가락의 갖은 음률이
두루 다 터져서 나오게 되었네.

접시꽃 숭얼숭얼한 고깔을 쓰신
천신天神 같은 농악대 남정네들께서
그 가락을 어찌나 거세게는 풍겨 대시는지,

마을의 개란 개는 모조리 뛰어나와 짖어 대고,
닭도 병아리도 포올포올 날리고,
아이새끼들까정 휘말리어 나왔는데,

이 뜻 아니한 혁명은 너무나도 신바람 나
나도 따라가 보니,
그건 김노새 씨네 집 앞 모시밭머리
실개울에 걸쳐진 넙적바위 다리였구나!
곱슬 구레나룻이 좋고 이빨이 좋고
부침새도 썩 좋은 깐돌이 아저씨가
이게 어인 일이신가
본서방에 들키어 식칼을 맞었다던가
사타구니께서 피를 흘리며 누워 있고,
농악대는 위선 여기서도 한바탕
여러 사설의 가락을랑 잘 한바탕 쏟아 놓았네.

그러고는 곧장
마을의 공동 우물로 갔는데

거기서도 그 고깔 쓴 음악을 듣기 좋게 연주하고,
다음에는 저 소가 늘 먹는 여물 있지 않는가?
볏짚을 작두로 가늘게 썰어서 만드는 그 여물
그 여물이 든 통을 우물에 기울여
그걸 고스란히 다 우물물에 부렸네.
그리고는 저 잡귀가 못 오게시리 쳐 놓는 인줄—
짚으로 꼰 새끼의 군데군데 한지 쪼가리를 단
그 인줄로 우물물을 뺑 둘러쳐 놓고 말더군.
내가 커서 뒤에 알아보니,
짐승 같은 간음자가 생겨난 마을이니
마을 사람들 정신이 바로 차려지기까지는
이 우물물을 마실 수는 없다는 뜻이라더군.

이게 언제부터 내려오는 습관인지는 모르지만
이로부터 일백 일 동안은
마을의 남녀노소 누구도
이 우물물은 절대로 마실 수 없고,
다만 이곳 산과 들의 딴 곳에서 솟아나는 생수

그 생수 구멍을 끼리끼리 찾아서
그걸 큰 병에 담아다가 두고 마시는 것이
이 마을의 오랜 율법이었는데,
그 갓 길어 온 생수의 맛도
좋기사 무척은 좋았사옵네.

우물물 이야기가 나왔으니 말이지만,
마을 아낙네들이나 처녀들이
이른 아침이나 저녁 노을에
마을 우물에서 물동이마다 그득히
맑은 물을 길어 머리에 받들어 이고 갈 적에
그걸 한 방울도 이마나 옷에 들리지 않고
아조 이쁘고도 얌전하게 이고 가기로는
우리 집에서 개울 건너 감나뭇집의
부안댁이 으뜸이라고 모두들 말했었지.

그 댁 감나무엔 감꽃이 피고
뒷산 뻐꾸기가 거기 맞춰

뻐꾹뻐꾹 우는 저녁때
나도 이 부인이 물동이를 이고 가시는 걸
그 감꽃들 빛깔에 뻐꾸기 소리 장단 맞춰
머리 갸우뚱 바래본 일이 있었는데,
참말로 단 한 방울도 들리지 않고
고스란히 차근차근 걸어가고 있는 게
어린아이 내 눈에도
이뻐 보이기는 이뻐 보이드군.

사내자식 길들이기 3

무얼 너무나 못 자시어서
오이꽃같이 얼굴이 노란
홍명술 씨라는 유식한 한문 성명을 가진 선생님한테서
나는 일곱 살 때부터 『천자千字』를 배웠었는데,
하늘 천 따 지—에서 시작한
이 일천 개의 글자를 내가 다 술술 외고
그걸 먹글씨로 흰 종이에 옮겨 쓰게 되자,
『추구推句』라는 딴 책으로 책갈이를 하게 되어
비로소 그 축하로다가 정말 신나는 것 하나를
덤으로 더 배우게 되었나니,
얼씨구! 그걸랑은 다음을 읽어 보소.

동백 기름을 먹여 매끔하게 잘 빗은
번지르르 윤나는 머리 뒤쪽 낭자에는
꽂은 옥비녀도 기막히게는 고으려니와
그 한가운데는 해당화빛 비단 쪼각까지
눈에 삼삼 삐끔하게 내비친 새각시가
외씨버선 발로 여덟팔자로 들어오시는데

두 손으로 공손이 받쳐 든 술상에서는
어린아이들 코에는 너무나 카한 쐬주 내음새!

뒤에사 안 일이지만
이 각시로 말하면 아랫마을 백관옥 씨의 소실댁인데,
오늘 책을 새로 갈은 나를 축하해
내 아버지께서 특별히 부탁해 꾸어 오신 거라나.

하이얗게 이쁜 가르마 밑 두 눈일랑
지그시 지그시 감으며 앉아
연옥빛 이빨을 드러내고 권주가를 부르는데
"이 술을 한 잔을 드시오면
만수무강 하오리다.
이 술은 술이 아니라……"
어쩌고저쩌고 하는 일등 명창이었네.

물론 그 술과 안주를 자신 것은
내 아버지와 홍명술 선생님과

그 남의 소실 색시뿐이었지만서두,
내 나이 일흔세 살의 지금까지
이때 이 일을 나는 잊지 못하네.
『천자』 한 권 배운 것과
이때 이 각시가 보이고 들려준 것들을
저울에 견주어 달아 보자면
아무래도 이 각시의 『천자』 뒤풀이 쪽이
그게 무게가 많이 더 나갈 것 같군.
묵직하게 무거운 무게가 아니라
쌍긋하게 향내 나는 그 무게가 말이야.

그러나 『천자』 책갈이의 뒤풀이는
여기서 싹뚝 끊어져 버리는 게 아니라
무작정 또 이어져만 가느니,
얼씨구, 이번에는 무쇠 냄비라던지,
찹쌀가루에 밀가루에 모밀가루에
꽤소금 참기름, 쐬주 등
실한 머슴 지게에 한 짐 잘 지우고

진달래꽃 만발한 산으로 올라가네.
물론 아까 꾸어 왔던 그 남의 소실댁—
해당화 빛을 낭자에 묻힌
그 남의 각시님도 따라서 가네.

하여서
진달래 무진 피어나는 맑은 산정기에
흡족히 절인 몸들이 적당한 땀을 흘리고
한쪽의 바다도 잘 보이는
산모롱에 올라서면
숨들을 한 번 갈아 쉬고
사람들은
아이의 『천자』 배운 뒤풀이를 이어 하나니

산돌 고여 냄비를 걸고,
아이들은 진달래꽃 따오고,
여자들은 꽃전을 부치고,
사내 어른들은

천지신명께 고스레를 하신 뒤에
뜨끈뜨끈한 그 꽃전 안주로
카아 카아 연거푸 술잔을 비우나니,

하여서
한 아이가 배우는 책갈이의 축하는
드디어 산수자연과도 함께하게 되고,
그리하여 이 마음은
하늘 끝 아스라한
영원에 닿았네.

심사숙고

이 이얘기는 내가 어렸을 때부터
잘 아는 사람들의 이얘기지만, 그게 무엇을 의미하는지는
물론 내 나이가 들면서 천천히 두고두고 알게 된 것이다.

백순문白舜文이와 백관옥白冠玉이와
백준옥白俊玉이와 백사옥白士玉이
네 형제는 고창 알뫼 질마재에 살며
서해 칠산 바다에서 고기잡이 배를 타서
"야 백준옥이 권주가에 순문이 실고 가는 배"라는
노래가 마을에는 생겨나 있었지.

그것이 을축년이던가의 모진 바람에
큰형 순문이는 바다에 고기밥이 되어
남은 삼형제도 배 타는 건 치우고
딴 생활을 제각기 골라 살게 되었는데,
무섭지만 그리운 그 뱃노래 가락을
꿈에도 영영 잊을 수는 없었던지
그 가락을 닮은 데가 너무나 많았기에

아래에 고것을 사뢰여 보겠네.

순문씨의 막내아우 백준옥 씨는
눈부시게 붉은 석류 꽃나무를
이뻐게 이뻐게 울타릿가에 가꾸면서
산에 뻗어나는 넌출들을 걷어다가
소쿠리니 바구니니 구럭들을 절어서
그걸 팔아 목구멍에 풀칠을 하고 지냈는데
그 사이의 어느 틈틈이
무슨 재주로 이쿠어 낸 것인지
'백준옥이네 눈웃음'이라는 것만큼은
이 마을에서도 가장 으뜸가는 게 되었네.

그 외아들은 봉이 되라고 봉식鳳植이,
그 외딸은 오목하게 살라고 오목네인데,
어이턴
이 댁 가시보시와 아들딸의 눈웃음과 아양은
'똥구먹으로 호박씨 깐다'고

얕잡아 보는 사람도 아조 없진 않았지만
마을의 일품이사 참말 일품이었네.
아무렴
  순풍에 두웅둥 떴는 배는
  백준옥이 낚싯배라
꼭 그 비스름한 모양의
눈웃음이시고 아양일시 분명키사 하였네.

큰아우 백관옥 씨로 말하면
이마가 널찍하게 양반같이 생겨선지
어디서 호박琥珀 풍잠 하나를 구해
상투 아래 망건에다가
덩그랗게 달고 지냈는데,
그러시다가 보니
'호박 옆에 비취'로다가
또 그 어디서 육자배기깨나
목구멍이 붓도록 열심히 잘 부르는
눈썹 괜찮은 소실댁도 하나 꾸어 가졌었지.

이 꾸어 온 소실댁은 또 가끔은
남의 집 술상머리에 빌려 주기도 하면서 말씀야.

그렇신데 이 호박 풍잠의 백관옥 씨는
밀주를 만들기를 배 타는 대신 좋아하셔
모시밭 속에 술독을 숨겨 놓고 지내셨는데,
십 리 밖 재 넘어서 오는 일본 순사한테 들켜서는
벌금 낼 돈이 없어
몇 달씩 감옥소 신세도 곧잘 지고 지냈네.
그렇지만
감옥소에서 풀려나와 질마재를 넘어올 때의
그의 육자배기의 노랫가락은
순풍에 떠가는 배만큼이나 구성졌고,
집에 오면 또 금방
밀주를 또 빚어 모시밭 속에 숨겼네.

그러고, 둘째아우 백사옥 씨
이 사람은 배꼽이 커서 그렇단 말도 있지만,

잠잘 때만 빼고는 늘 고주인 술이라
한여름 뙤약볕에도 큰 배꼽을 드러내 놓고
마을길에 번뜻이 나자빠졌기가 일쑤여서
물귀신 되기 싫어 배를 버린 보람도 없이
사십도 채 안 되어 저승으로 갔나니……

그리하여 백준옥 씨의 외아들 백바위 씨는
심사숙고 끝에 다시 배를 타기는 탔지만,
그건 물귀신이 될는지도 모르는
먼바다로 가는 고기잡이 배가 아니라
옅은 나룻목에서만 노 저어 오가는
겸손하게 쬐그만 한 채의 나룻배였네.

줄포 1

1920년대에는 삼천 명쯤이 모여 살던
이 서해 포구의 이름의 뜻은
여기 함께 자라던 백 마지기쯤의 갈대밭의
봄에 나는 새싹이 눈에 뜨이게 이뻐서였을 것이다.
이 갈대밭이 그리워 여기서만 사는 갈똥게라는 게들이나
이 게들이 그리워 늘 뻰줄나게 따라다니는
똘마니 아이들과 사상 감정이 똑같은 한문꾼들이
그렇게 붙여 놓은 이름일 것이다.
서리 오는 가을 달밤에 희게 희게 피어나는
이 넓은 갈대밭의 갈대꽃 위를
가슴 쾅쾅 울리면서 떼 지어 날아가는
기러기 떼의 울음소리도 여운으로 달아서였을 것이다.

유난히도 기름지고 꼬신 그 영광굴비도
영광 땅의 법성포 다음으론
이 줄포에서 말리어져 팔도에 퍼졌으니,
여기 와서 굴비가 된 서해의 조기들만큼은
이곳 갈대밭이 그리워 그 팔자였는지도 몰라.

1924년 이른 봄에 우리 식구는 줄포로 이사갔는데,
이 봄 조기철 한동안은
학교 학생들의 점심 도시락에서까지
구워 넣은 굴비 냄새가 온 교실에 넘쳐서
봄 줄포의 냄새는 이것이로다 했더니만,
이것 말고도 내게는 난생처음의 신기한 냄새들이 났으니
그 첫째는 코에 싸한 그 왜 내음새라는 것이었네.

내게 1전에 한 개씩 눈깔사탕을 파는
그 이상한 옷의 토실토실한 일본 여자에게서
나는 이 내음새를 맨 처음 맡았었는데,
고것은 옛이야기에 나오는 하얀 털의 암여우가
일색의 미인으로 둔갑할 때 풍긴다는
꼭 그 내음새와 같을 것이라고 속으로 생각했더니만
뒤에 알아보니 그건 아니고
우리가 안 쓰는 비누와 화장품을 쓰기 때문이었더군.
이 내음새는 내겐 매력이 있어

그게 많이 나는 일본인 여관집 목간 뒤곁에
머물러 서서 코를 쫑긋거리기도 했었지.

우리들이 '짱골라'라고 불렀던
중국 사람 호떡집 냄새도,
비단 장사 왕서방네 가게에서 나는 냄새도
새것이랴, 나는 날마다 맡아 보러 나가고,
또 이곳 합승 자동차부의 차에서 나는
휘발유 냄새도
호기심으로 맡아 보곤 지냈지만
그중의 매력은 역시나 그 왜 내음새였네.
그래 나는 고 일본인의 눈깔사탕을
날마다 사 먹으러 다녔지.

그러나 이것은 그냥 매력이고
누구를 줄포에서 처음으로 존경하게 되었느냐 하면
그것은 닷새 만에 한 번씩 서는 장에서
생강 꾸러미를 땅바닥에 펴어 팔고 있는

생강 장사 노총각 할아버지였네.
하얗게 긴 수염을 계집아이 머리꼬리처럼
길게 땋아 내린 것도 재미있으려니와
그 흰 머리털도 또 뒤로 땋아 늘여
아직 총각이라는 데 놀래었고,
내 외할머니가 틈만 나면 이야기해 주시던
삼국지 속 무슨 좋은 왕같이만 생긴
그 점잔한 풍모에 나는 그만 수그러져 버렸지.
조용하게 으젓한 이마며 눈매며
큼직한 허위대에도 감탄했었지.
'과연 왕이로다'고
그때 나는 생각했는데
이건 일흔세 살의 지금도 마찬가질세.

내가 좋아하는 단물 장사—
생강과 설탕으로 끓이는 그 단물 장사가
바로 이 생강 장사 옆에 있어서
나는 빼지 않고 닷새 만에 한 번씩

이 총각 할아버지를 뵙는 게 재미였는데
지금은 할 수 없이 또 총각 백골이겠군.

줄포 사람들은 이때에는
열 살짜리 내 눈에도 많이 시시하겐 살고 있더군.
서해 조기 덕은 많이 보면서도
밤이면 가락도 안 맞는 장구나 치고
갈보년들하고 시시덕거리기나 하고.

줄포 2

사내 열두 살이면
피는 꽃이나 맑은 햇살이나 좋은 여자의 얼굴이
눈에 그냥 비치는 게 아니라
그 가슴에까지 울리어 오기 비롯는 나이

일본 나가노라는 데서 요시무라 아야꼬라는
서른네 살짜리 과부 여선생이 혼자서
3학년 된 우리 담임 선생으로 정해져 왔는데,
이 '오까미상'이
내 가슴속 염통에까지
고요한 날의 바이얼린 소리처럼
쩡하고 울려 오는
내 맨 처음의 여인이 되었네.
이건
무엄하고
또 미안한 일이지만……

'안개 낀 아침'이란 제목의

글짓기 시간이었는데, 나는
'촌사람들이 지게에 땔나무를 그득히 지고
아침 안개 속에서 나와 장에서 팔고는
다시 그 안개 속으로 아득히 사라져 가는'
하염없음을 써서 바쳐서
이 오까미상에게 교직원실로 불리어갔는데
내 알대가리를 그 이쁜 손으로
두어 번 쓰다듬어 주면서
"묘한 아이"라고 한마디 해 주시는 게
정말로 정말로 꿈같이 달더구만요.

며칠인가 뒤의 공교롭게도 비 내리는 날에
나는 이분 하숙방에 초대되어
우산도 없이 달려갔는데,
비 내리는 유리창 밖의 보랏빛 창포 꽃밭을
일본 '기모노' 옷에 알발로 보고 섰던
이 여선생님이
뒤돌아서 와서 나를 한번 끌어안아 주었을 때

'나'라는 건 그만 내가 쓴 글 속의
안개 속으로 사라진 나무 장사 아저씨같이
고스란히 사라져 버리고,
그네의 맑은 손톱 발톱들 속의 초승달들이며
그 싸아한 왜 내음새 속에 움츠리어들고 있었어요.

자기 고향 '마쓰모도'의 '센베이' 과자니,
'나라'의 사슴이 구경 때 먹다가 남겨온 것이라는
달보드레한 다시마니
잘 끓인 일본 차도 내놓으셨는데
이거야 정말 난생처음의 호강이었네요.

이해 가을 어느 날에
우리는 선생님들과 함께 그 원족遠足이란
이름의 소풍을 갔는데
요시무라 여선생님은 구두를 신고 가서
돌아올 땐 그만 발병이 나
쩔뚝쩔뚝 다리를 절며 진땀을 빼시니

일본인 무라마쓰 선생께서 일본말로
“오이 보꾸도오꽁 옴부시데 아게!” 하고
우리 반 친구 박동근이더러
업고 가라고 명령을 내렸네.

그 박동근이로 말한다면 나이는 스물두어 살,
아이까지 하나 가진, 장사 같은 사내였는데,
홀가분한 꽃다발이라도 하나 등에 얹은 듯
기분 좋게 우리 여선생을 업고 가는 것을
바로 그 뒤를 따르며 우러러만 보자니
부럽고 시새웁고 안타까운 마음은
씻을 수도 누를 수도 걷잡을 수도 없었네.

이듬해 봄에 여선생님은 일본으로 돌아갔는데,
나는 일제의 화장 크림 두 곽과
깜정 목양말 한 켤레를
이별의 선물로 사서
얼굴을 후끈거리면서 주고,

이튿날 합승차가 줄포를 뜰 때에는

한 반의 서너 명 친구들과 함께

그 가는 길 한가운데 가 주저앉아 있었네.

그렇지만 그 차는 비껴 떠나고

이별이란 새 맛 하나를

나는 새로 배웠네.

줄포 3

나는 열세 살, 줄포공립보통학교 4학년이었는데,
서리 내린 밝은 가을 아침
포기 좋은 배추밭 옆을 지나 학교엘 가다가
개들이 갓난애기의 시체를 에워싸고
물어뜯고 있는 광경을 보았네.
"거 어떤 죽일 년이 또 서방질을 했구나!"
누군가가 같이 보고 말하는 그 뜻을
나는 아직 자세히 알 수는 없었지만
이 하로 머리와 가슴에 걸리어서
하학길엔 소주를 한 복지깨 마시었네.

열아홉 살짜리 우리 반 학생 김종곤이는 명주옷을 입고
이 가을에 새로 장가를 갔었는데,
이 사람 집이 바로 그 배추밭 옆이어서
그가 권하는 대로 그의 집에 들러 쐬주를 해 보았지만
이건 정말 난생처음이라
한 복지깨에 두 눈 앞이 빙빙 돌아서
마당에 나오다가 주저앉아 왝왝 토했네.

그러신데 금이빨도 한 개 박은 이 김종곤이는
우리 반에선 일테면 그 상멋쟁인 데다가
꽤나 잘사는 즈이집 일찌막한 호주인지라
며칠 뒤의 어느 날 밤엔 우리들 몇을
중국 요릿집으로 초대까지 했는데,
줄포에 오직 하나뿐인 이 중국 음식점에선
이때엔 짜장면 한 사발씩만 사 먹는 사내 손님들에게도
젊은 접대부 색시를 서너 명씩 들여보내
노랫가락 불려서 모시게 했네.

전주錢主인 김종곤이는 한복 조끼에 은시계 줄까지 늘어뜨리고,
또 한 학생은 요새 고3 정도의 임이열이던가 삼열이,
우리 서이는 두루 한복으로 납시었는데,
스물댓 살짜리로부터 이팔청춘 정도까지
우리 방에 들어선 세 여자는
모다 울긋불긋한 비단 치마저고리로
무엇이 그리 좋은지 늘 빙글빙글 웃고만 있었네.

그리고 그들에게서는 그 싸아한 왜내가
언제부터 옮겨졌는지
역시나 옛이얘기 속의
고 둔갑한 암여우들에게서처럼
아스라히 아스라히 풍겨져 나왔는데,
뒤에 알아보니 그건
일제 '긴쓰루[金鶴]' 라는 머릿기름 냄새 때문으로,
이 무렵 이건 짜장면집 갈보들 사이에서도
많이 많이 유행하던 내음새라나.

우리 남녀 6인이 좌정하자
우리의 봉 김종곤이는 호기 있게
짜장면이 아니라 국물이 맛 좋은
그 중국 우동이라는 걸 시켰는데,
여섯 사람이니 여섯 그릇이라야 할 텐데도
딱 우리네 사내껏 세 그릇만 시키고,
색시들더러는 구경하며 노래나 한 수씩

공짜로 뽑아 보라 했으니
이것은 이 시절의 잘 통하는 인심이었네.

할망구 열 명도 더 들어앉은 태도와 가락으로다가
금옥이라던가 하는 아까 그 스물댓 살쯤의 새악시가
“화무십일홍이요
달도 차면은 기우나니……”를
남은 젓가락이 없어 손바닥 장단으로
넌즈시 한 곡조 뽑고
우리는 그 사이 그 우동 사발을
바닥까지 다 비우고 났는데,

뜻밖에도 우리 전주 김종곤 씨는
“이년아 알지?” 하고
제 옆에 있던 그 노래하던 금옥이 손을
우악살스럽게 잡아끌어
딴 방으로 가자고 끌고 나가며
“정주 너는 금순이 차지다”고

내 옆의 그 이팔청춘짜리를 보고 손가락질을 했네.

하여서 나는 고 금순이라던가가 하자는 대로
어느 찌끄만 골방으로 끌려가 누웠는데
금순이는 내 목을 두 팔로 끌어안고
어떻게나 되게는 조여 대는지
진땀이 나서 견디기가 어려웠네.
그밖에 딴 일이야 아무것도 없었지만……

광주학생사건

—서울, 중앙고등보통학교 제1학년 때

열다섯 살에 아버지 소원대로 서울로 와서
계동 솔수풀 밑 중앙학교에 들어갔는데,
'그때 제일 재미난 일은 무엇이었나?'
일흔세 살 먹은 지금 곰곰히 생각해 보니
별난 것은 없고
영어 선생이 턱이랄 게 거의 없어
무턱이라고 학생들이 별명 붙여 웃었던 일,
이 무턱 선생의 가르치는 목소리는 늘
서러운 시골 아주머니의 서러운 불평 소리만 같아서 웃겼던 일,
휴식 시간에 뒤껻 소나무 숲속에 가서
단팥 고물을 넣은 빵을 사 먹던 일,
일어의 나까사와 선생이 되풀이 되풀이하던
'조도오시[助動詞]……조도오시' 정도다.

그러던 중에 겨울이 되니
학생들 사이에서 소문이 도는데
"광주에서 왜놈 중학생이
우리 여학생을 히야까시했다더라.

그 여학생의 남동생이 보고 화가 나서
대들어 싸웠는데
일본인 경관은 우리 학생만을 호되게
다루었다더라.
그래 드디어 우리 학생들과 일본 학생들 사이에선
편싸움이 벌어졌는데
일본 학생들은 단도날을 붕대로 감고
그 끝만을 드러나게 해서
그걸로 우리 학생들을 드윽드윽 그었다더라."
하는 것이어서
'야!' 하는 마음들이
치위 속에서 한바탕씩 일어나게는 됐네.

이러던 어느 날 아침 학교 교실에 들어가니까
'용감히 싸워라 학생 대중아!' 하는
격문이 책상마다에서 나오고,
이윽고 상급생들이 와서
"책가방들 메고 운동장으로 모여라" 해

나도 구경삼아 운동장으로 나갔는데,
거기엔 이미 학생들이 그뜩 모이고
주모자는 단에 올라 주먹을 들고 외치고 있었네.
“식민지 노예 교육을 철폐하라!
일본 제국주의 타도!
조선 독립 만세!”
그래 나도 멋도 모르고 신바람이 나
만세만큼은 빠지지 않고 따라 부르고 있었지.

“가자!” 하고 주모자들이 앞장서 달려가서
우리들은 우우 몰리어
뒷산을 서쪽으로 빠져나가
조선총독부 바짝 옆까지 갔는데,
앗휴! 처음 보는 말 탄 경찰들!
그들은 미국 서부 활극의 카우보이들처럼
삽시간에 우리를 양 떼같이 에워싸고
가죽 채찍을 휘두르며
우리들을 몰고 광화문통 네거리를 지나

종로 네거리 옆 종로 경찰서로 이끌고 갔네.

상급생들은 어떻게 다루었는지 모르지만
우리 1학년짜리들만큼은
그 종로 경찰서 바로 앞마당에
여러 줄로 줄을 맞춰 세워 놓고,
웃통들을 벗기고,
여러 명의 정복 순사들이
가죽 말채찍들을 들고 나와
그걸로 사정없이 되게
우리들의 등때기를 몇 번씩 후려갈겨 댔는데
글쎄?
그게 그때 아프던 기억은 나지 않는군.
이런 날에 이렇게 얻어맞아 본 사람은
알겠지만서두
이건 맞고 있는 그때에는 아픈 줄은 모르는 거야.

그런데 그게

그날 밤 하숙방 요 우에
자려고 누우니까
비로소 쓰리고 쑤시고 아려 오는데
야 이거야 정말 약이 오르더군.
'이놈의 새끼들 어디 두고 보자!'고
이빨을 악물고 속으로 외쳤지.
이건 1929년 겨울
내 나이 만 열네 살 때의 일이었네.
나는 소학교 5~6학년을 한 해에 공부해 졸업해서
한 살 줄이는 덕을 보았었으니까.

사회주의병

1930년 봄에는 나는 만 열다섯 살짜리
중앙고보 2학년생으로서
이때 유행의 그 사회주의병이라는 것에
걸리고 말았네.
어느 사인지 눈물 많은 감상객 소년이 되어
'가난한 인력거꾼은 불쌍하다'든지
그런 느낌들을 주체하지 못할 때에
칼 맑스의 일본어역 『자본론』을 읽고 있던
한 하숙방의 상급생이 사알살 타일러서
『사회는 어찌 되는가?』
레닌이 쓴 『러시아 혁명의 거울인 레오 톨스토이』니
그런 일어 책들을 나는 탐독하게 되면서
아버지가 사 주신 가죽 구두도 벗어 내던져 버리고
그 대신 공장 노동자들의 싼 신발 '지까다비'를 사 신고,
책상 우의 벽에다가는 두 눈을 부라린
소련 공산주의 혁명의 우두머리
니콜라이 레닌의 복사판 사진을 걸고,
'모든 것이 이 세상은 비위에 거슬린다'는

그런 눈초리로 걸어다니다가
드디어는 계동의 그 일류 하숙방까지 버리고
부랴부랴
아현동 막바지의 빈민촌 움막집으로 옮기어 갔네.

하여,
썩은 초가지붕에서는 노내기가 내리고,
밤에 빈대가 득시그르 장 서는
이 어려웁고 싼 하숙방에서
두 손 끝에 땟물이 질질 흐르는
두 눈이 붉은 아주머니가 해주는 걸 먹고 지내다가
나는 마침내 그
'염병 3년에 땀도 못 내고 죽을 놈'의
그 염병에 걸려 넘어지고 말았네.
신식 말씀으론 '장티푸스' 그것 말이야.

어찌어찌 차에 실리어 줄포 집까지 갔는지,
줄포에선 또 어떻게 해 쫓기어났는지,

문득 정신이 들어 살피어 보니
나 있는 곳은 마을 밖 외딴 언덕 밑
쬐끄만 공동묘지 옆
가망 없는 전염병자만이 가는
초라한 양철 지붕의 격리 병사였고,
그리고 내 곁에서 늘 항상 나를 지키는 이는
저승까지 내 뒤를 따라가시기로 작정한
내 어머니 단 한 분뿐이었네.

제정신이 들 때는 며칠 만에 한 번씩뿐,
나는 여기서 초고열의 산정에 올라
날으는 피타판 꼭 그대로의
참으로 많은 천지의 여행을 하면서 지냈었지.

산꼭대기의 흰 구름 사이를 지나
초록빛의 한없는 바다 위로,
또 풀꽃 같은 별들만이 초롱초롱한
그 깊은 밤하늘을 헤치고 헤치고,

내려와서는
서울 창경원 담장 아래 오줌도 갈기고,
때로는 쌔캄한 덩어리의 악마도 만나
목을 졸리면서 고함도 치면서,
그 환상의 모험 여행은 끝이 없이 되풀이됐는데
참으로 이상한 것 한 가지는
그때 그 창경원 담장 아래 오줌 갈기던 일을
십 년 쯤이나 지내서
내 나이 스물너댓 살 된 가을 어느 날
내가 꼭 그대로 재연하고 있던 일이야.

내 아버지의 어렸을 때의 한문 서당 친구였던
한의 현 선생이 지어서 끓여 먹게 한
돼지고기가 든 한약 몇 첩으로
돼지고기를 못 먹는 나는 살아나게 되었는데,
석 달 만엔가 나아서 집으로 돌아와 보니
아버지는 내 상여 하나를 부탁해 놓고
어디론가 자취를 감추고 안 계시고,

오랜만에 거울을 한번 들여다보니
내 머리털은
뭐랄까,
칠 년 가뭄에 너무나도 솎아 내기만 한
매운 부추밭꼴 그대로였네.

내 어머님 말씀으론, 이거나마
내가 정신을 잃고 누워 있을 때, 어머니가
가뭄에 말라 들어가는 논귀마다 찾아다니며
거기 파닥거리는 피르라미 새끼들을
옮기고 옮겨다가 물 웅덩이에 넣어 준 때문에
그것들이 마음으로 은혜 갚음을 한 것일 게라고
나직이 그렇게 말씀하긴 하시지만서두.

제2차 연도의 광주학생사건

염병을 앓고 나면 성질이 화딱 달라진다던가
염병 서너 달에 '가뭄에 씨앗 나듯'한 머리털을 해가지고
이해 가을 서울의 중앙고보에 돌아온 나는
어느 사인지 다 큰 한 사람의 영웅이 되어
공일날이면
학교 뒷산 으슥한 골짜기에
사회주의 학생들의 비밀 모임에
'지까다비' 신발로 끼어앉게 되었네.
염병에 또 걸리기가 싫어서
하숙은 일류의 그 전 계동 그 집으로
다시 옮겨 왔지만,
인력거꾼이나 노동자가 신는 그 '지까다비'만큼은
신주처럼 대견히는 발에 꿰고 다녔네.

그리하여,
이빨이 가지런한 것만 빼놓고는
모든 것이 인도의 '간디'와 비슷하대서
'간디'라는 별명으로 통했던

함경도의 한용필이,
연설할 때는 두 빰이 복사꽃빛으로 물들던
경상도의 미남자 조경인이,
우리가 말을 더듬거릴 때 쓰는 말 '저 거시기……' 대신에
그 함경도 사투리 '머사니……'를 늘 고집해 써먹던
키다리 이동정이,
그리고는
염병열의 가마솥에서 흠뻑 삶아져 나온 나,
이 넷이 1930년 11월
광주학생사건 제2차 연도 중앙학교분의
주모자들이 되었네.

주모자 중의 단장은 간디, 한용필이라,
그날이 되자 운동장에 그뜩 모인 학생들 앞에서
"식민지 노예 교육을 철폐하라.
조선 독립 만세!"를 선창하고,
이번에는 조선총독부 쪽으로 이끌어 간 게 아니라
학교 본관 교원실을 향해 몰려가서

주먹에 피를 흘리며 유리창들을 두들겨 부수고,
선생님들 방에 들어가
잉크병의 잉크를 선생님들한테 뿌리기도 하고,
"어용 교사 물러가라!"던가 하는
고함도 더러 터져나왔던 것 같은데,
가만 있자, 일흔세 살 먹은 지금 기억이거니와
이때 나는 무얼 잘하는 것이라는 생각도 따로 없이
그냥 그러기로 한 거니까 그러고 있었을 뿐이었네.
저절로 솟아나는 눈물에 뒤범벅이 되어서 말일세.

이때 학교는 경찰을 부르지 않아
우리들 주모도 바로 체포는 되지 않고,
나는 잘 피해 줄포 우리 집으로 도망쳐 갔는데
마침 아버지의 저녁 밥상 앞이어서
엎드려 절하고 사정을 말씀했더니
아버지의 손에 쥐신 숟가락은
금시 쟁그랑 소리를 내며 방바닥에 떨어져 내리더군.

며칠 뒤에 나는 줄포 경찰서로 끌려가서
일본 순사한테 "곤적쇼(이 축생)!" 소리를 들으며
가죽 구둣발로 정갱이를 되게는 많이 은어 차이고,
유치장에서 하룻밤 자고 이튿날은 서울로 압송됐는데,
서울 종로 경찰서까지 가는 동안 사뭇
일본인 순사부장은 내 수갑 찬 손에
빛깔 고운 꿩 한 쌍을 들고 가게 했었지.
종로서에서 유명했던 저 '미와' 경부警部 도노에게
바쳐 올리기로 한 선물이래나.

나는 이내 서대문 형무소에 수감되어
동경제국대학을 갓 졸업하고 온
미남자 미우라 검사에게 심문을 받았는데
"어머니 보고 싶지 않느냐?"고 그가 물어서
챙피한 일이지만 내가 말없이 눈물만 흘리고 있었던 게
기소 유예로 풀려나게 된 이유였었네.
나는 그때 겨우 만 열다섯 살짜리였으니까.

이동정이, 조경인이는 복역을 했다 하며,

간디, 한용필이는 용하게 어디론가 빽소니를 쳤다더군.

고창고보, 기타

1931년 봄 진달래꽃 봉오리 때에
아버지는 홍어를 한 마리
고창고보 유력자 댁에 들여놓기도 하시고
또 나는 시험도 보고 하여
진달래꽃이 피기 싫다고
잇몸을 드러내고 칭얼거리던 무렵에는
전라북도 고창 읍내의 그 고창고보에
어찌어찌 편입학은 됐지만,
그건 3학년이 아니라 도로 2학년이어서
그 전에는 1등도 꽤나 많이 한 내겐 적지 아니 챙피한 일이었네.

그러나 학생으로 학교 운동장에 들어서기가 바쁘게
"야! 너 중앙에서 퇴학 맞고 온 서정주지?
난 전주고보에서 쫓겨나온 ×××다!"
십년지기처럼 손을 내미는 놈,
"잘 만났다. 나는 함경도 함흥서 온
○○○이다!"
달려와서 두 어깨를 덥석 붙들어 잡는 놈,

그리하여 인연의 줄이라는 건 빈틈이 없는 거여서
우리들은 그때 말로 그 투쟁이라는 걸
여기서도 또 한바탕 벌이게는 되었네.

투쟁이라야 이미 풀려난 '후리랜서' 그대로
학교 창고에서 괭이자루를 잘라 내
지팽이로 짚고 다니는 놈이 있는가 하면,
여름밤엔 개똥벌레 반딧불들이
많이 많이 날아다니는 풀밭을 찾아,
"야 이건
정말로 비밀 결사다!"는
그 비밀 결사도 맺고,
학교 시험은 보기 싫으면
동급 아이들을 꼬아 백지 동맹을 실천했나니,

어느 날 교장실에 불리어 들어갔더니만
"너는 아무래도 자퇴서를 내야겠다.
경찰에선 퇴학 처분을 하라고 성화지만,

네 전도前途를 위해서 그러니
네 아버지 도장 받아 자퇴서를 내!"가 되고 말았네.
그래 할 수가 있나?
아버지 도장을 서랍에서 훔쳐 내
꾹 눌러 찍어서 그 자퇴서를 내고,
그 뒤 한동안은 식구들 몰래
학교에 다녀오는 척 빈 가방을 든 채
산으로 들로 숨어 걸어다녔었지.
이때 이사 온 고창의 우리 집엔
넓은 대수풀 속에 깨끗한 내 초당도 있었는데
아무렴 그건 아까운 일이었지.

첫째 조석으로 부모 뵙기가 미안해서도
어디로 뺑소니를 쳐야겠기에
궁리궁리하여 보자니
같은 고을 심원면의 고전이란 데 사시는
내 종조부님댁 큰 황소가 떠올랐네.
그래 산 넘고 나루 건너 사오십 리를 걸어가서

"아버지가 급한 소송 비용으로 쓸라고 그러니
황소를 좀 팔아 주셔야겠시라우."
으시딱딱 거짓말로 두 마리 황소 중에 하나를
'안지머리'라는 장에 가서 팔게 했었지.
이 마음씨 좋은 양반은
돌아가신 내 할아버지의 친동생으로
아들이 없어 내 아버지를 믿고 양자로 삼고 있어서
내 거짓말은 참말일 수밖엔 없었지.

하여 어차피 공부도 하기 싫은
공음면에서 온 여돈중이라는 키다리 학생과 밀착하여
서울로 올라가 위선 한강 모래밭에 실컨 누워 있어도 보고,
중국집 짜장면에 카-한 빼갈술도 카아 카아 마셔 보시고,
싼 하숙에 밤 빈대에게도 양껏 뜯기고
어칠부칠 어름어름하다가
첫눈이 와 또 할 수 없이 고창 집으로 돌아와서,

역시나 모든 게 두루 미안케만 돼

눈 오시는 날은 무턱대고 먼 신작로를 헤매 다니던 판에
어느 날은 피문어도 매달아 논 한 가게에 들러
"막걸리 한잔 마십시다" 했더니만
마침 혼자만 있던 설흔 살쯤의 주인 아주머니는
"치우신데 방으로 들어가시겨라우" 하고,
큰 막걸리 주전자를 모셔 앉힌
뜨신 화로까지 방에 안아 들여놓고,
김치에 선짓국까지 곁들인
술상을 공손히도 받들어다 놓고설랑
그 몇 잔을 서로 주고받아 마셨던가
내 옆에 그만 넙죽 자빠져 눕고 말았네.
뒤에 들어 보면 이 여자는 어느 우상牛商의 소실댁으로서,
기대리고 기대려도
그 본처도 소실댁도 아이를 못 낳는지라
간부姦夫를 갖고라도 하나 만들어 달라고
그 남편이 요로코롬 내돌리고 있던 것이라고도 해.

사회주의를 회의하게 되었음

1931년 한겨울 눈이 좋게 내리는 날엔
나는 고창에서 줄포까지 사십 리 길을
귀골 재벌인 양 인력거에 실리어 가고 있었나니,
내 안호주머니에 들어 있는 큰돈 삼백 원은
아버지의 앞다지 속에서 몰래 훔쳐 낸 것.
이 돈은 이 나라의 대지주 동복東福 영감이
내 아버지더러 논을 사 달라고
믿고 맡긴 여러 만 원 중에 끼어 있던 것인데,
이걸 가지고 나는 먼 중국 땅으로
독립군이 되러 가는 길이었지.

그러나 서울의 전차 속에서
나처럼 퇴학한 중앙 동기생인 신문 배달부
권일웅이를 유쾌히 만난 것이 사고가 되었네.
위선 둘이서 청요릿집에 가서 빼갈 좀 마시고,
다음에는 양복집에 가서 내 신사복 한 벌 마추고,
그의 하숙방에 같이 딩굴면서
"중국 가는 건 뜨신 봄이 어떻나?

위선 실컨 쉬며 얘기나 해 보자" 한 게 그만
그게 여기 주저앉고만 팔자가 되었지.

깜정 '비로드' 저고리에 깜정 '사지' 바지,
멋쟁이 '캪'에 '넥타이'에 신사용 단화,
이런 것들을 갖추고 거울을 보고 있노라니
"배우 같다.
극예술연구회란 데서 '고골리'의 〈검찰관〉을 하려고
배우를 모집한다니 거기나 한번 가보자."
권일웅 군이 앞장서서 거길 가 보게 되었네.

하여 일본에서 온 유명한 연출가 홍해성 선생 문하에서
고골리 작 〈검찰관〉의 단역 연습을 한동안 했는데
말을 갖다가 꾸민 억양으로 하는 게 어색해서
두어 주일 하고선 슬그머니 빠져 버렸지.

그러시고는 도서관 쪽을 택하여
경성 부립 도서관 종로 분관에 처박혀

세계 사회주의 소설가 중의 일등 대가—
막심 고리키의 일역 장단편을 모조리 읽고 지냈는데,
어느 이른 봄날 「동지」던가 하는 한 단편을 읽고는,
그 사회주의라는 것에 비로소 회의를 품게 되었네.

'쏘련 사회주의 혁명 준비 시절에
어느 공장의 지도자 사내는 매우 똑똑했으나
불행히도 한쪽 발을 못 쓰는 절름발이였는데
그 여편네만큼은 사지가 멀쩡하고
건강미 넘치는 미인인 데다가
병신 아닌 미장부美丈夫를 좋아하는 감각도 싱싱해서
드디어는 든든한 사잇서방 하나를 정해 버리고 말았는지라
그걸 안 똑똑이 남편은 그게 어쩔 수 없는 설움이 되어
저녁때 공장의 일이 끝난 뒤에도
제 집으로 돌아가는 것도 한동안씩 잊고
공원의 빈 벤치에 가 얼빠져 앉아 있다.'

대략 그런 줄거리의 소설이었는데,

이걸 읽고 나서 나는 비로소
'사회주의 가지고는
사람의 온전한 행복은 만들 수 없다'는 걸
생각하고 느끼고 또 생각하게 되었지.
고리키는 동지애로써 이걸 극복하라고
이 소설을 썼던 것 같은데
그건 내게는 역효과가 된 셈이지.
그래 나는 비로소 사회주의 소설을 치우고
투르게네프의 연애 소설「그 전날 밤」이니
그런 사랑의 자유 천지에 안겨 들게 되었네.

이 1932년 봄 나는 만 열일곱 살,
한 사람의 자유주의 문학소년이 된 신바람에
창경원의 밤 벚꽃은 참으로 아름다워
그에 감동한 나머지로
수정水亭 앞 연못의 잉어도
나무 그늘에 숨어서 낚아 먹기도 했었네.
미사라는 이름의 하숙집 아들과 공모해

하나는 순사 오는가 망을 보고

하나는 번갯불같이 번쩍 낚아 내

두루마기 속에 감쪽같이 숨겨 가서

회 해서 아조 근사하게 술안주를 했었네.

노초산방

1932년 여름 논에 뜸부기 소리 좋을 때,
나는 큰 고리짝에 그득히 책을 사 담아 싣고
식구들이 사는 고창 읍외 월곡리의
대숲 속 내 초당으로 돌아왔는데,
아버지는 내가 이렇게라도 돌아온 것만이 대견하셔서
꾸지람 한마디 없이,
무척 반가우면 하는 버릇으로,
오른손 끝을 약간 떨며 나를 맞이하셨네.
그러고는 내가 짐 지워 온 것들이 문학책이라는 걸 아시자
자기가 두고 보시던 『고문진보』 상하권을 가져다주며
"이것도 읽어 내야 한다" 하시었네.

하여 나는 슬픈 솥작새 우는 여러 밤을 지내면서
너무나 불효한 걸 뉘우친 나머지
내가 깃든 이 초당 이름을 '노초산방魯草山房'이라 하기로 하고
한지에 서툰 먹글씨로 그걸 횡서로 써서
방으로 드나드는 출입문 위에 붙여 놓았네.
공자가 태어난 곳이 노나라고

내 아버지는 공자의 철저한 유생이었으니까요.

내 아버지 이야기가 나왔으니
이분 일도 누룽지만큼은 여기 잠깐 적어 놓아야겠군.
그는 이조 말에 낙향한 한 정3품 통정대부의 증손자로
어려서는 총명하여 열세 살 때 향시鄕試에 장원도 했지만
그의 아버지가 술과 도박으로 패가하고 세상을 뜨자
그 빚 때문에 열다섯 살에 관가에 끌려가
주리 틀린 한쪽 팔은
일생 동안 제대로는 쓰지를 못했었네.
열일곱 살 때 편모를 모신 한문의 총각 선생님이 되어
전북 고창군 부안면 선운포란 데로 와서 장가는 들었어도
입에 풀칠하기도 어려워 이조 최말기의 군청 측량기사가 되었는데,
고창군 안의 땅을 재고 다니다가
이 나라의 제일 지주 김기중 영감 형제의 전답을 잰 게 인연이 되어
급료가 좀 나은 김기중 영감의 사랑방 서생이 되었던 중
이 댁이 서울로 이사하자 그 농감農監 중의 하나로만 처져 남았나니,
이 덕택으로 우리 식구도 좀 여유 있게 살 만큼은 되었으나

나는 이게 챙피해서 그만두라고 아버지를 졸라
내가 고창고보에 편입학을 했을 때는
아버지는 그 농감 자리도 그만두어 버렸었네.

각설하고,
1932년 여름부터 그 이듬해 초가을까지
나는 이 고창 월곡리의 대밭 속 초당에서
밤에는 솥작새, 부흥이, 올빼미,
낮에는 뻐꾸기, 꾀꼬리, 까치 울음을 데불고
주로 일역본의 소설과 시만 읽고 지냈는데,
레오 톨스토이, 빅토르 위고, 이반 투르게네프, 표도르 도스토예프스키,
샤를르 보들레르, 일인日人 호리구찌 다이가쿠 번역의
프랑스 시선 『월하月下의 일군一群』,
일본 시인 이시가와 다쿠보쿠, 키타하라 하쿠슈,
조선 시인 주요한, 정지용, 김영랑, 신석정은
이때 내게는 오랜 가뭄 끝의 단비만 같았네.
고리짝에 사 온 책이 다 동나자
고창고보 때 은사의 서재 것들을 빌려 날랐고,

또 일본의 출판사에 주문도 했었지.
아 이때 읽은 것 중엔 니체의 그 숨찬 『짜라투스트라』도 있었군.

아랫마을에서 폐병을 앓던 최기업이란 청년이
빌려 준 『시문학』 창간호에서 본
정지용, 김영랑, 신석정 시의 우리 말맛은
내 가슴의 공명선을 울려서
내게 이웃 고을 부안의 신석정을 찾아가게도 했었지.
고구마 밭에서 일하다가 나를 맞이한
그 장한壯漢 신석정의 활짝 핀 미소와
그날 밤 그와 함께 먹은 그 단 석류의 맛과
그 달밤에 같이 보던 월견초 꽃밭이
아직도 눈에 삼삼 선히 보이네.

넝마주이가 되어

기러기가 그 이마로 하늘을 문지르며
서리를 부르고 있던 가을—
1933년의 그 가을이 으시시할 때
나는 서울 뒷골목의 쓰레기통을 뒤지고 다니는
한 사람의 넝마주이가 되어 있었지.
톨스토이주의의 일본인 하마다 다쓰오가 경영하던
마포 도화동 빈민촌의 움막집 사람들의
넝마주이 집단의 일원이 되어 있었지.

어깨에 커다란 구럭을 메고
하로 종일 줏어 날라도 값은 이십 전쯤,
세 끼니의 요기에도 모자랐지만
이때의 이 나라 서울에서 내가 할 일은
아무래도 이것 한 가지뿐인 것만 같아
가슴 벌리고 보무도 당당히
쓰레기통 속의 온갖 더러운 것들을 다 뒤지고 다녔었지.

어느 일본인 집의 쓰레기통에서

유담뿌 폐품을 하나 줏어 깨끗이 닦아서
"밤에 칩건 뜨신 물을 담아 안고 자라"고
김범부라는 선배한테 갖다 줬는데
사용했는지 어쩐지 그건 모르지만,
그는 이때의 나를 두고 시를 한 수 쓰기도 했지.
'……쓰레기통 기대어 앓는 잠꼬대를,
피리 소리는 갈수록 자지라져……'
이런 그 귀절은 지금도 생각나는군.

그렇지만 사실은, 이때의 나는
만년 순례길의 거지 행색의
그 톨스토이 비슷한 노릇이 한번 해 보고 싶은
똘마니의 한 모던보이에 불과했네.
똘마니의 돈키호테 비슷한 것이었지.
새로 산 기성복의 공장 노동자용 블루진에,
신사용의 그 꽝꽝한 새 맥고모자에,
국산이지만 그래도 마트로스(Matroos) 파이프를 입에 삐뚜름이,
새로 산 지 얼마 안 된 갈색 구두로

장안을 두루두루 누비고 다녔는데,
한번은 정동의 영국 영사관 뒤 풀밭에서
파이프를 피우며 앉아 쉬고 있다가
지나가던 앵키 처녀가 뚫어져라고 나를 쳐다보는 바람에
온몸이 홍당무빛으로 발큰 달아오르고 말았네.
남의 밭에서 무우 캐먹다 들킨 놈 꼴이라 할까?
안 할 짓을 내가 하고 있다는 게
번개처럼 번쩍 느끼어졌네.

하여, 넝마주이 이틀 만에 나는 그걸 치우고,
마침 침식만 주는 가정교사 자리가 한 군데 나서
와룡동에 국5짜리를 훈수하러 들어갔는데
그 성명은 하창주,
주로 나는 그 애한테 희랍신화 이애기나 몽땅 했었는데두
이 사람은 커서 한전韓電 상무까지는 되었다가
연전에 육십으로 정년이 되었지.

그러구러 그 해의 섣달이던가에

내게는 운명적인 사자使者 하나가 찾아왔으니
그는 뜻밖에도 머리를 빡빡 이쁘게 깎은 젊은 중이었네.
"우리 종정 스님께서 뫼시고 오라고 하셔서요."
들어보니, 그는 이때의 조선 불교의 대표 박한영 스님의 사자인지라.
어찌 흥미가 없을 수가 있겠나.
즉시 따름따름 따라가 보았더니
거기는 동대문 밖 안암동의 개운사 대원암이란 곳인데
들어가며 목간판을 보니 '조선불교중앙강원'이더군.
불경 공부를 하는 중들이 마지막 와서 끝마치는 곳이라고 해.

그래 나는 이 강원의 강주講主이자 우리 불교의 우두머리—
박한영 대종사 스님의 앞에 가 앉았는데, 하시는 걸 뵈오니
그는 나이만 육십 대지, 형편없는 어린애 그대로더군.
"거 자네는 잘사는 집 사람이라던데 거 넝마주이는 하필 왜 하고 다녔는가?
거 그러지 말고 나하고 같이 공부나 해 보세.
껄껄껄껄 껄껄껄껄. 거 그게 좋지 않겠는가?"
내 속도 모르고서 빼드렁니를 내놓고 너털거리고 계시는 게

꼭 철부지의 어느 시골 아이만 같았어.

뒤에 알아보니

이 무렵에도 나와 만나고 지내던 내 선배 미사가

1932년 봄 밤 벚꽃 때엔 나와 함께

창경원의 잉어도 낚아 내던 그 미사가

이 종정 스님과도 서로 아는 사이어서

어느 날 여기 들러 내 이얘기를 한바탕 늘어놓은 때문이라나.

그래 나는 그 어린애 웃음이 좋아

여기 그의 곁에 머물러 보기로 했네.

영호 종정 스님의 대원암 강원

내가 내 운수라는 것에 맞추어
찾아든 개운사 대원암 강원의
강주講主 박한영 스님의 아호는 석전石顚,
승으로서의 법명은 정호, 법호는 영호,
이때 이분의 나이는 예순네 살로서,
조선 불교 대표인 교정敎正의 자리와
중앙불교전문학교 교장직을 겸하고 있었지만
사생활의 재미론 곶감을 좋아해서
뒷간까지 갖고 가 그 씨들을 뱉어 놓는 것과,
밑을 닦은 뒤에도 안심치가 않아
뒷간 옆에 흐르는 실개울에서
그 똥구먹을 더 깨끗이 씻고 계시는 일 등이었다.

나보고, 이분이
"아직 중이 되기 싫거든
학인으로 위선 불경 공부를 해봐라.
허지만 학인도 머리털을 깎아야 한다"고 하셔서,
이 양반 참관리에 날카론 삭도로 나는

장발을 깎이었는데,

그게 다 깎이자, 이분은 빵 한 바퀴 돌아보고 나서

"여! 자네 거 이쁜 알 같구나!" 하시며

내 뱃속도 하늘의 뱃속도 덩달아 웃지 않을 수 없는

그런 아조 유쾌한 웃음소리를 한바탕 터트리고 계셨다.

이분 지시대로 나는 한문의 능엄경을 먼저 배워 읽기 시작했는데,

이 경의 주인공 아난존자가

요녀 마등가에게 홀렸다가 빠져나오는 것을

열심히 열심히 역설하고 계셨던 걸 보면

이게 역시 그의 인생에서도 가장 큰 문제였던 것일까?

아니면 내 젊은 전정前程에서 첫째 이걸 염려하신 거리라.

내 속에 깃들여 있다고 보신 신성神聖 가능성

그것이 여색에 흐려질까 봐 걱정하신 거리라.

그러나 한용운 시인이 '맑은 보름달'에 비유한 이 고승은

세상 물정이 어떤가는 영 모르셨으니,

어떤 날 점심에 공양주가

두붓국에 어란을 비벼 넣어 끓여 바쳤어도
"공양주 너 오늘은 거 두붓국 한번 맛있게는 잘 끓였구나" 하실 정도였네.

이분은 법당 뒤 별채의 한 방을 내게 주어
'광산마저匡山磨杵'라는 현액 글씨를 써 출입문 위에 붙이게 하시고,
나는 그 속에서 능엄경을 읽는 사이,
34년 4월, 우리네의 가슴을 아프게 하는
진달래는 이 산골 발치에까지 내리다지로 피어나
그런 하염없는 어느 맑은 오후
나는 그 툇마루에서 무심결에 담배에 불을 붙여 피우고 있었는데,
이때 누가 법당 뒤쪽 툇마루에서
"허어 정주! 자네 거 공장 굴뚝에서
연기 솟아나는 것 같네 그려……"
하고 외치고 있는 소리가 들려서
엉겁결에 피우던 담배를 땅에 떨어뜨리며
물끄럼히 건네다 우러러보니
그것은 틀림없는 그 대종사 스님이었네.

이것은 물론 계율을 어긴 자에 대한 당연한 꾸지람이었지만
내가 일흔세 살된 지금에도 기억할 때마다 잊지 못하는 건
그때 그 말씀의 뜻이 아니라
이 말씀을 하시던 때의 그 너무나 서러워 못 견디어 하시던
그 말씀소리의 곡절 바로 그것이네.

내가 네 살 때던가 다섯 살 때
나는 마루에서 낮잠을 자다가
굴러 마루 아래로 떨어질 뻔한 적이 있었는데,
이때 바로 내 할머니가 이걸 발견하고 쫓아와서
"아이고 내 새끼야!" 외치시며
나를 끌어안던 바로 그때의 그 음성
그것과 너무나도 곡절이 같아서네.

금강산행

1934년 음 사월의 초파일 연등 때를 지내며
양귀비 수심愁心 같은 모란꽃이 필 무렵
나는 아무래도 금강산이 가고파
참선행을 빙자해서 강주께 아뢰었더니
"그냥 참선이란 안 되는 것이다"고
석전 스승께선 처음 반대했으나
내가 막무가내인지라 나를 한번 빤히 쳐다보시군
그는 금강산 마하연의 선원주禪院主 송만공 스님에게 보내는
부탁 편지 한 장과,
돈 1원 50전과,
자기가 신던 포화布靴를 갖다 내게 주시며
"정 가고 싶건 어디 한번 가보게"였네.
그리고 또 한 장의 편지는, 서울서 금강산까지의 사이에 있는
큰 절들에 보내는 대종사의 명령서로
"이 글을 갖고 가는 사람을 먹이고 재워 보내라"는 것이었네.

하여 나는 내 가까운 선배요 친구인 미사의 배려로
다듬이질한 하연 모시 두루마기 바람으로

괜찮은 기생 염계화한테 가서 이별주를 마신 후에
밀짚 맹거지로 쏜살같이만 금강산을 향해 발길을 옮겼나니,
'옷이 날개'라는 그 날개의 그 모시 두루마기는
또 어느 님이 만드신 것인지 알기나 하겠는가?
이것은 고종 광무황제의 측근이었던
최덕순 상궁님께서 마련하신 것이니,
이 육십 노처녀가 바로 우리 미사의 양할머님이셨네.
덕택이 참 많은 금강산행 길이었지.

양주 망월사에서 하룻밤을 지새우고,
연천 심원사에서는 쑥떡도 한 꾸러미 얻어 들고,
철원, 금화 지나 금성 천불사에서는
내 신분의 진가眞假를 시험하겠다는 가난한 주지 앞에
'수리수리마하수리 수수리사바하'로 시작하는
「다라니」를 외우고서야 침식 대접을 받기도 하며,
금강산 봉우리들이 멀리 바라다보이는 단발령에 올라선 것은
서울 떠난 지 닷새째 되는 날 해 질 녘이었는데
두 발바닥은 거의 다 물집이 잡혀 쓰라려 오고,

여기는 또 신라 망한 뒤에 마의태자가
마지막으로 그 머리털까지 깎아 버리던 곳이라
할 수 없이 가슴은 슬프디해졌네.
소매 끝을 스쳐왔던 새로 팬 보리밭들,
그 어느 산골 마을에선가 그네 타던 계집아이들,
이것도 저것도 다 슬프디하기만 했네.

여기서도 내금강의 장안사까지는 아직도 6, 70리
그 사이에 절간은 아무 데도 없고
주머니에 남은 돈은 한 푼도 없고
호식虎食될 염려의 밤도 오고 있고 하여
심란해져 단발령을 넘어가고 있었는데
때마침 뒤따라오는 한 사나이가 보여
염치 불구하고
"요 근처 마을에 사시는 분이걸랑
하룻밤만 마루에라도 재워 주시구려"
간절한 목청으로 사정해 보았네만
그것도 허사에 그치고 말았네.

맨 마지막 내게 남은 억지에 불을 붙여
장안사에 당도한 건 이튿날 첫새벽,
여기서 다시 20리의 산길을 더 걸어
마하연의 객실에 가 정좌하고 앉긴 앉았지만
회주會主 송만공 스님은 여기엔 없고
명경대 너머 영원암의 별당에 가 계신다 하여,
또 거기까지 2, 30리를 이어 걸어갔는데
지금 이것을 생각해 보자니
나도 이땐 귀신 다 되었던 것만 같군.

아아! 그러나 그러나
이 나라 산수의 제일 맑은 거울이라는
그 명경대의 그 못물을 넘어서
여러 만 송이의 작약 꽃밭 속에
소슬하겐 나타나던 그 영원암!
그리고 내가 그 극단 피곤 속의 황홀감으로
만공 대선사 앞에 엎드려 절하며

우리 대종사의 편지를 전하고 있었을 때
그 만공을 에워싸고 앉았던
송이송이 꽃송이의 젊은 여승들!
그 초롱초롱하던 눈망울들과 그 옥보다 더 이뿌던 이빨들!
아아! 아아!

허지만, 1950년 9월의 인천상륙작전 때의 맥아더 장군,
아니 그보다도 아조 한가한 날의 맥아더 비슷한
큰 키에, 홍조가 고흔 뺨의 만공선사는
"중이 되는 것도 쉬운 일은 아니니
오늘밤 여기서 쉬며 더 잘 생각해 보시지."
오직 그 한마디뿐이어서
그날 하룻밤을 거기서 몸살 앓고
이튿날은 일찌감치 이곳을 또 떠났네.
왜냐고? 글쎄.
이 호화가 나를 무색케 하고 무색케 하고 후끈거려 놓아서…

송만공 대선사께서 준 전별금 10원으로

해금강에서 해삼도 몇 마리 사서 자시고

금강산 일박 만에 나는 금강을 떠났네.

중앙불교전문학교 문과에서

금강산에서 서울로 돌아오자
전에 가정교사하던 와룡동 집에서
인젠 국6이 된 하창주와 함께 또 희랍신화나 얘기하고 지내는데,
박한영 대종사께서 다시 부르시어 가보니
이번엔 같이 불경 공부 해 보자는 게 아니고
"여기 학인 스님 몇이 학교에 들어가는데
일본말을 잘 모르니 그걸 좀 가르쳐 주겠나?"였네.

그래 그걸 하고 있노라니까 초봄의 어느 날엔 또
"자네도 우리 중앙불교전문학교에나 들어가 보지그래.
들으니 자네는 문인이 될라는가 보던데
그러자면 이백이니 소동파니도 잘 좀 보아야겠제?"여서
그 학교의 교장 선생님이기도 했던 이분의 소개로
나는 그 학교의 별과라는 것에 입학을 했네.
한 고향의 어떤 전문 중퇴생한테
번질번질 기름을 먹인 사각모를 하나 얻어 썼는데
그건 좀 묘한 기분이더군.
시골 부모에겐 그래도 좀 위로가 될 것 같기도 하고,

내가 무사히 살아남기만을 원하시여
법관이 되길 바래던 아버지니 별 소용 없을 것 같기도 하고……

새로 전문 학생이 된 기분이 어땠느냐고? 글쎄……
저 장자莊子가 꾸던 꿈속의 나비가
다시 꾸고 있는 꿈만 같았다 할까?
그나마 거기엔 눈에 보이는 아무런 움직임의 스크린도 없는……
하여 나는 미안하지만 대부분의 강의를
남의 집 벌 떼가 윙윙거리는 것처럼 귀에 흘리며
지친 수탉 조을 듯 조을조을하고만 있었네.

그러던 중 어느 법학통론 시간인가엔
"에잇!" 하는 고함 소리에 내 조을림이 깨여서
보니, 오명순이란 좀 신경질의 학생이
"이까진 놈의 것이 다 전문학교냐?"하고
필기하던 만년필로 흑판을 노려 치며
책가방을 들고 쏜살같이 나가 버리기도 하더군.
이 사람이 뒤에 전북일보의 주간이었던

바로 그 오명순이네.

이때에 한 반에는 곱쓸 구레나룻이 특히 이뻤던
시인 함형수가 주황색 양말을 신고 있었으니
나는 그 양말 빛만은 마음에 안 들었지만
그의 하모니카 소리가 좋아서 곧 친구가 되었었지.
그의 하숙으로 가는 성북동 골째기에서
하모니카로 그가 불던 드리고의 〈세레나데〉를
내가 썩 좋다고 했더니
그는 그의 방에 가자 한참을 머뭇거리다가
그의 왼쪽 가슴 위를 두들겨 보이며
"이 안 포케트에는 옥사獄死한 내 아버지 유서가 들어 있다"고 했네.
"어디 좀 보자"고 하니
"바느질로 여러 벌 감쳐 놓아서
아직은 그걸 뜯어 보이긴 싫다"고 했네.
그의 하모니카와 그 유서의 대對가 아조 잘 맞는 것 같아
무슨 죄였느냐는 등 그런 건 아예 묻지도 안했네.

그런데 이해 초겨울의 어느 날
우리 반에선 회중시계를 도둑맞은 학생이 생겨
앞뒤와 양옆의 딴 학생들을
의심하는 눈초리로 엿고만 있는지라,
그러고 그 시선은 내 눈에도 와 닿는지라,
휴식 시간이 되자 나는 다짜고짜로
그 사람을 불러 운동장으로 데불고 나가
"시계를 잃었으면 잃었지
무엇 때문에 학생들은 모다 의심해?
어디에 그럴 권리가 있어?" 하고
되게 다그쳐 대어든 일이 생기고 말았네.

"서 형 이거 왜 이러시요?
내가 왜 하필에 서 형을 의심합니까?
세상에 원 별일도 참……"
이게 그 시계 잃은 학생의 대답이었으나,
일은 또 간단히만은 안 끝나는 것도 있어 그 뒤부터

"도둑놈이 제 발 저린다고 한다.
저 서정주가 특별나게 왜 그래?"
하는 눈초리로 나를 보기 시작하는
학생들의 수는 하나 둘 늘어가는 것만 같았네.
하여 여기에 전라도 말로 정나미가 떨어져
학교에 나오는 것도 시늠시늠하게 됐지만,
하여간에 이때부터 할 수 없이
'도둑놈 제 발 저려서'의 의심만큼은
영원히 내 뒤를 따르게 되었지.

해인사에서

진달래 꽃밭 우에 솟아오른 노송 가지에서
가마귀들이 이건 보통 일이 아니라고 울어 대는
1936년 4월 초승의 어느 날
나는 금단추 단 전문 학생의 정복 차림으로
학교 쪽이 아니라 경상남도 해인사의 산골을 오르고 있었다.
지난해에 내내 읽은 도스토예프스키니
니체니 보오들레르의 찌꺼기들도
아직은 제대로 다 소화도 못한 채
'모든 비극과 고민을 기어코 이겨 내자'고
미어진 신발의 보무를 옮기고 있었다.

사실은 전 해 가을에 어느 여대생에게
'나는 당신의 옷고름 하나에도 당하지 못할
미물만 같습니다' 하는
내 일생에서 처음이고 또 마지막인 연정의 편지 몇 줄을 써 보냈는데
답장은 영 없고만 말아
그 번열기煩熱氣도 식히러 가는 길이었다.

이때 나는 이래 봬도, 이 나라의 대신문 동아일보의
1936년도 신춘 현상시에 당선한 시인이기도 했지만
목구먹엔 그래도 먹을 게 무에 들어가야 사는 거니까
여기 해인사 근방 아이들의 사립학교에서
무얼 좀 가르치고 17원이던가 월급을 받기로 하고 왔었네.

해인사 건너편 언덕 위의 원당願堂이란 새끼 절에서
동물 음식이란 멸치꼬랭이 하나 없이
순 식물만 먹고 4월에서 7월까지 넉 달을 살았지만,
정말로 맛있는 자유라 할까 그것만큼은
그래도 내 일생 중에선 그중 나았던 것 같군.

나는 국민학교 과정 하급생 담당이라
오전 수업만 하면 다음은 양껏 다 놀아도 좋아
천하에서 두 번째 가라면 서러울 그 해인사 산골의 맑은 냇물에
날이 날마닥 번듯이 드러누워 딩굴고만 지냈나니,
머릿속이 너무나 생둥생둥해 주체하기 어려우면
개울가에 도라지꽃이나 뭐 그런 것처럼

제절로 돋아나 있는
밀조密造 막걸릿집에 엉겨들어 거나하게 가슴을 축였네.
이 막걸릿집 아주머니는 거 뭐라고 할까
곰과 괜찮은 바윗돌을 합쳐 놓은 것 같어
전혀 그 암내라는 걸 풍기지 않아 마음 편했나니
이렇게만 거나해 다시 냇물 속에 잠겨 무사태평한 것은
보오들레르 사용의 그 마약의 효과보다 나은 것만 같아
마음속으로 보오들레르를 나무래기도 했네.

개울물 한켠의 보리밭 저쪽 끝에선
모란꽃이랄까 접시꽃 같은 젊은 아내를 데불고
진땀 뭉치같이 억센 사내가 밭일을 하고 있었는데,
미안해. 밤에 내가 이 여자를 생각하며
숨어 수음을 한 건
정말로 시방도 미안해.
때로는 내 이 수궁극락水宮極樂의 바짝 곁으로
울긋불긋한 꽃뱀이 사르르 미끄러져 가기도 했지만
폴 고갱의 '뱀하고도 같이 사는' 그림에

눈 익어온 내겐 그리 어려운 일은 아니었네.

한밤중의 내 숙소 원당에 누어 있으면
한 많은 이 겨레의 한이 엉겨 생겨난 듯한
그 서러운 두견새는 수백 마리씩 울어 대고,
답답해 창을 열면, 이건 더 독해져 버린
박쥐새끼 떼는 고추씨 같은 이빨들을 드러내고 모여들어
뻣뻣뻣뻣 저주하는 소리로 온 방 안을 맴돌아서
여기는 또 흡사 한 많은 저승의 문턱 같기도 했나니,

어느 무더운 날 밤엔 나는 약이 올라서
그 못된 박쥐새 한 마리를 잡아
그 두 날개를 벌려 벽기둥에 못박아 놓고,
아파 못 견디어서 무진무진 더 쏟아져 나오는
그 뻣뻣뻣뻣뻣뻣뻣뻣의 저주하는 비명을
날이 새도록 귀담아 듣고 지냈지.

이리하여 나는 슬픈 표현은 영 않기로 하고

천둥이나 벼락의 편이 되기로 했지.
그리고 이 산골에 달이 휘영청한 밤엔
여기 강원의 불경학인佛經學人들과 짝을 지어
'쾌지나 칭칭나네' 노래하며 한 십 리 내려가서
고래같이 막걸리를 마시곤 술집 각시를 꼬아 데불고 와서
여럿이서 같이 누어 간지럼을 먹이며 놀기도 했지.
어? 물론 수도자들이니까 사타구니까지는 피하고 말씀야.

시인부락 일파 사이에서

1936년 11월 창간한 시동인지 『시인부락』 파를
일명 '싸이휘이'파라고도 일컬었나니,
'싸이휘이'라는 것은 무어냐 하면
사람들이 먹고 남긴 음식 찌끄레기를
남비에 모아 담아 '다시 끓여낸 것'이란 중국어로서
아주 싼 중국 음식집에선
이걸 한 사발 십 전쯤에 만들어 팔고 있었으니깐
'시인부락' 일파가 이걸 가장 잘 사먹는다는 데서
제절로 붙여진 이름이올시다.
이것 한 사발에 '빼갈' 술 반반근쯤 마시면
추운 세상도 잠시씩은 뜨듯해져서
우리 일파는 두루 이걸 애용했습지요.

즈이 어머니가 날마다 두만강 다리를 건너다니며
국경 넘어 도문에 가 하던 순댓국 장사로
달마다 십육 원씩 보내주던 학비도
그 어머니의 병으로 끊어져서
학교도 못 나가고 있던 함형수,

웃음소리가 늘 까치 소리 같대서 까치라고 불리던 그 함형수.
융희황제의 처가댁 아이들의 가정교사로 번 돈으로
'싸이휘이'보다 어느 때는 잡채도 제법 잘 사던 이성범이.
어느 부잣집 소실댁의 눈에 들었던 미동 중학생으로
그 여자가 너무나도 이불 속에 안고 지내는 바람에
코피를 흘리고 지내다가 일본으로 도망가 공부하다 돌아온,
고종의 승지의 둘째아들 오장환이.
그리고 또 하나는 만 열아홉에 이미 할아버지 멍덕모자만 쓰고 다니던
연희전문 학생—고 이갑성 옹의 아들 —상해象海라는 아호의 이용희.
그리고 나, 자주 만나던 동인은 이 다섯이었는데

그 『시인부락』 창간호에 내가 썼던 창간사를 회고해 보면
'피리건 나팔이건 징이건 장구건 다~ 좋다.
먼저 시의 한 오케스트라의 마을을 만들어 보자' 하는
동인들의 생각을 요약한 것으로,
한 개의 유파적 주장보다는
여러 유파가 모여 같이 살며 빚어내는
그 조화 쪽을 노렸던 것일세.

동인은 모두 열세 명이던가로
한 사람이 십 원씩 내 이백 부를 찍었는데
그 반도 다 팔리진 않았던 것 같군.
그 적자는 남대문 옆에서 양약국을 하던
사람 좋은 김상원 동인이 아마 털어내 놓았었지.
사社 간판은 함형수가 가정교사 노릇을 하던
통의동의 '보안여관' 간판 옆에 붙이고
사무실은 물론 그 함형수의 단칸방뿐이었네.

나는 이때 명색이 그 편집 겸 발행인이었으니
그만큼의 좋은 기분도 있었어야 할 텐데
그러나 사실은 정반대로
어린애들의 기쁜 노랫소리까지가
저승으로 가는 서러운 이별의 소리로만 들리는
묘한 청각 장애에 시달리고 있었네.
형수와 나는 그래도 어린애들 뛰노는 게 가장 좋아서
자주 서울 주변의 아이들 운동장에 들러서
그 애들이 경주하는 것, 그 애들이 환호하는 것,

그 애들이 노래하는 것을
우두커니 굽어 서서 보고 듣고 지냈는데
그것마저 서러워서 더는 못 참겠는
그따위 지경이 되고 말았네.
그래 내가 폭소를 터트려 대면
"예이 새쓰개야!" 하고 형수는 나무랐네.
새쓰개는 함경도 말로 '미친 것'이라고 한다고 해.

이런 때에 운니동 24번지로
오장환이네 집을 찾아가면은
문득 안채에선 겁에 질린 목소리가
"천황폐하 만세!" 하고 울려 나오는데,
장환이의 설명을 들으면, 이건
그의 아버지 오 승지가 못 참아서 가끔 하는
발작의 소리로서
고종 왕후 민비의 시해 때 질겁한 뒤론
이날 이때까지 못 고치고 되풀이하고 있는 거라나.

제주도에서

나는 쫓기려고 태어난 사람인가?
도망치려고 생겨난 사람인가?
봄이 익어 보리 모개가 팰 무렵이면
기쁘다는 것들도 슬프다는 것들도
내게는 두루 다 승겁기만 해
보리꽃 물결치는 밭둑길 따라
줄달음쳐 줄달음쳐 달아나기만 했나니
나는 아마도 달아나려 생겨난 사람일 게다.

그래 1937년 늦봄에는 또
제주도라 서귀포의 바닷가 언덕에 와
혼자 배꼽을 하늘에 드러내 놓고
우두머니 누워서 빈둥거리고만 있었나니,
이런 때면 나는 차라리
한 마리 목청 좋은 아름다운 수탉이
무한히 무한히 부럽기도 했던 게다.
그리하여
'감물 디린 빛으로 짙어만 가는

내 나체의 샅샅이
수슬 수슬 날개털 디리우고 닭이 웃으면……'
그런 시귀절도 생각하고 있었던 게다.

여기로 오기 전에 서울서 이상李箱이를 만났을 때 내가
"어디 햇빛 좋은 보리밭둑에나 가서
실컷 드러누어 쉬어나 보시오" 하니
"그것도 해 보았는데 더 피곤하고 고단키만 해"
대답하던 말소리의 그 그늘도 기억하며
어떻게라도 나는 그 창생 초년의 것을 회복하려 하고 있었던 게다.

내가 이 여름 주로 먹고 살던 것은
'벼락'이란 이름의 제주 특산 쐬주와
해녀가 건져오는 소라와 전복과 생미역과
'보말'이라는 윷놀이에도 좋은 조개와
밤송이같이 생긴 성게와
간장에 절인 산초열매 죄끔뿐,
밥이라는 저속한 것은 거의 먹지도 않았나니,

심장은 늘 항상 부풀어올라
하늘과의 입맞춤에 잠겨 들면서
자기를 한 신으로 느끼고 사는
오만하고 무례한 자가 되어가고 있었지.

맑은 바다에서 미역 넌출을 따들고 나오며
기쁜 햇빛의 소리 같은 노래를 부르는
젊고 예쁜 해녀도 모조리
나는 물론 여신들로 느끼고 살았지만,
그들이 가까이 올 때 드러내는
그 손톱 속의 때만큼은 딱 질색이었네.
그래, 여기 친구 누구더라
손톱이 고운 여신 하나만 데려와 달라 했더니
어느 초생달 밤 솔수풀 속으로
그 손톱들 밑에서도 초생달이 이쁘게 떠오르는
속눈썹도 아조 긴 처녀 여신 하나를 꼬아 왔지만
그 노래는 신식은 신식이면서도
해녀들의 것보다 그 음색이나 음질이

하늘의 달이나 별들에까지 갈 것 같지가 않아
잠시 같이 앉아 놀다간 헤어지고 말았네.

장가들어도 좋다고 밤에 내게 이 미인을
데불고 온 청년은
큰 소나무 멋진 가지가 늘 태평이듯이
천둥 벼락에도 폭풍설에도 산들바람에도 태평이듯이
그렇게 늘 태평키만 한 말하자면 우수한 산보자로서
세계 황제를 시켜 준대도 그건 귀찮아 정말로 안 할 사람이라
이게 좋아 어느 이슬비 오는 산보길에서부턴가
음양처럼 따라다니는 친구가 되었네만
가만 있자, 이 나라엔 이런 친구가 사실은
꽤나 많은 줄로 아네.
별일이지. 암 별일이구 말구. 어슬렁 어슬렁 어슬렁하고 말씀야.

하지만 이런 희랍신화풍의 신의 연습이라는 것도
오래 이어 하자면 매우 고단한 것이라,
제주도 체류 석 달 만엔가

마지막으로 또 한 번
정방폭포의 쏟아지는 물을 실컷 맞고는
다시 고향으로 돌아가는 배에 올랐나니,
집에 오자 그 피곤한 「자화상」이란
시를 쓴 걸 보면
나는 꽤나 지쳐 있었던 모양이야.

구식의 결혼

1930년대의 이쁜 여자 대학생에게 구애하자면
첫째 얼굴이 흰 미남자라야 하고,
깨끗한 옷에 향냄새도 좀 풍겨야 하고,
기분 좋은 붙임성도 있어야만 했는데,
나는 그 어느 것도 가지지 못한 구면봉발垢面蓬髮에
양말에선 적당히 고린내도 나는,
오직 가슴의 그리움 하나로만 덤비던 총각인지라
꼴사납게 녹아웃을 당하고 애가 타서 있던 중,

여기저기 자부 가음 선을 보고 다니시던 아버지가
"거 계집애가 우물가에서
김칫거리 씻고 있는 걸 봤는데,
한 벌 두 벌만 씻는 게 아니라,
세 벌 네 벌씩 아조 깨끗하게 씻고 있더라.
그만하면 네 아내 가음으로 괜찮을레라" 하시고,
며칠 뒤에 그 사진이 왔는데 보니
눈자위에 작은 여신 같은 자신도 있어 보여,
이왕이면 화투로다가 패를 떼어 봤더니

공산 넉 장과 홍싸리 넉 장이 고스란히 떨어지는지라.
팔자다 하고 이 정혼을 그만 승낙하고 말아 버렸지.
공산 넉 장에서는 님이 오시고,
홍싸리 넉 장에서는 중신애비가 나온다는 말이 있잖나?

이리하여 나는 그 순 구식의 혼인편이 되어
1938년 3월 24일
사모관대에 당나귀를 타시고 가서
족두리 쓰고 연지 바른 만 17세 4개월짜리
방 규수와 그 신성한 결혼식을 올렸나니,
그 50주년 금혼날을 꼭 일곱 달 앞둔
지금 앉아 곰곰히 생각해 보아도
이때의 이 결정은 무던히 잘된 것 같네.
내가 한동안 애태웠던 여대생은
그 뒤 몇 군데 사내 사이를 전전하다가
해방 뒤엔 공산당 따라 월북까지 하였다니,
내가 이 여자와 부부가 되었더라면
그것 거 어쩔 뻔했나?

상선上善이라고 생각했던 것보다
차선次善이 결과적으로 우수한 경우도
이 세상에는 얼마든지 있는 것일세.

그러신데,
이것 결혼이라는 걸 하고 나면
처자를 먹여 살릴라 취직이란 것도 꼭 해야만 하는 건데
일정 치하 이 무렵엔 그것이 또 수월치가 않았네.
1939년 봄엔 고창 군청 경리의 임시 고원으로 들어갔으나
주판 놓는 게 서툴러 두어 달 만에 밀려나고,
처가가 있는 정읍의 어느 뻐스 회사 사원 지망 때는
신사용의 지팽이 때문에 사장의 눈엣가시가 되고,
장인이 하시는 사법서사의 견습 수업도 해 보았지만,
이거야 정말 겸연쩍어 못 견디겠고,
그러자니 자연히 마실 것은 술뿐이어서
저녁때 나가서 마셔 대다간
그 어느 보리밭 길에 곯아떨어져 자다가
멀리 들려오는 새벽 닭 울음소리에 비로소

터덕터덕 아내의 방을 찾아들기도 했지.

하여서 한여름이 답답하여 서울로 뛰쳐 올라와서는
삼선동의 '삼선각'이라는
어떤 부자의 빈 별장에 묵고 있는
가야금꾼인 내 친구 미사를 또 만나서
쏘내기 때 쏘내기 목욕하는 것이나 하나 겨우
자연이 주는 공짜 약으로 삼고 지내기도 했지.
그러다가 드디어 우리는 송도松都 말년의 불가사리보다 더 무서운
'노가대'판이나 하나 만들기로 하고,
그 패거리들을 널리 모집하고 있었느니,
그리고 본성명도 다 팽개쳐 버리고
되도록은 지독한 별명만을 쓰기로 했느니,
나의 별명은 '독毒'자를 세 개 포갠 '뚝'자를 붙인 뚝술이,
미사의 것은 심술이 고약키로 한 몽니[蒙里],
나와 불교전문 동기로 이때엔 '낭만좌'의 배우였던
박덕상이는 목포가 고향이라서 유달산 박달쇠,
『낭만』이란 시 동인지의 전前 편집 겸 발행인

민태규는 특별 자원으로 사상思想을 붙인 민사상,
미사와 나의 도제 소년이었던 임피서 온 신유근이만큼은
그래도 두고두고 길하라고 신일길이라고 했느니,
요로코롬 해 결성된 이 '노가대'판 '삼선조三仙組'도
물론 일자리가 안 보여 그 휴지休止 처분으로만 무한히 남았지만
이건 이때 이 나라에서 우리네가 마지막으로 발산한
그 구직求職의 열성이었던 것만은 틀림이 없네.

큰아들을 낳던 해

1940년 1월 20일
전라북도 고창읍 노동의 새로 이사간 집에서
아내는 내 첫아들 승해升海를 낳았는데
내가 이렇게 이름을 붙인 까닭은
'바다에 빠뜨린 구슬을 건지려고
됫박으로 그 바닷물을 이어서 품어내고 있는 아이같이
어리석게 살더라도 정성만은 다해 보라'는
이때의 내 시정신에서였다.
아버지는 이 애 출생 전날 밤 꿈을 꾸니
배가 하이얀 큰 용 한 마리가 마을 앞 느티나무에 걸려 있더라고
아조 썩 잘될 것이라고 하셨으나,
나는 그저 끈질기게 살아가는 놈이 되기만을 바랬을 뿐이다.

나는 그저 한 따분키만 한 무뢰한으로
공술이나 얻어마시며 흐리멍텅하게 한 봄을 살았는데,
이해 첫여름에 자전거로 나를 찾아온
우리 '시인부락' 동인 임대섭이가 한 말 한마디만큼은
시방도 역력히 기억나 여기 옮기네.

부안 돈지라는 포구에서 7, 80리를
자전거로 줄곧 달려온 그가 냉수 한 사발만 달래서
그걸 갖다 주었더니, 마시고 나서 하는 말이
"냉수 이것이 이렇게까지 고마운 줄을
그전에는 전혀 몰랐었더니
요새 와서 그것을 겨우 알게 되었어요"였는데,
이 독실한 크리스찬은 내 집에서 돌아가자 이내
변산반도의 심산유곡의 어느 큰 바위 우에 가 놓여
무기한부 단식기도를 하고 있다가 운명했다고 하니
어찌 그 냉수에 대한 그때의 그의 말을 잊을 수가 있겠나?

8월엔 서해의 어느 어선에 덤으로 끼어서
밤마다 호롱불에 「춘향전」을 소리내 읽고 지내다 집으로 돌아오니
조선일보 문화부장 김기림이가 보낸
조선일보 폐간 기념시의 집필청탁 편지와,
원고마감 날이 가까워지자 또 보낸 전보가
내 책상 위엔 가즈런히 놓였는데도
조선일보도

동아일보도

이미 폐간된 지 며칠 지낸 뒤였네.

끝난 뒤였지만, 그러나 역상逆上하는 내 느낌은

끌 길이 없어

다음 같은 시 한 수를 즉석에서 쓰고 있었지

'잔치는 끝났드라.

마지막 앉어서 국밥들을 마시고,

빠알간 불 사루고,

재를 남기고,

포장을 걷으면 저무는 하늘

일어서서 주인에게 인사를 하자.

결국은 조끔씩 취해 가지고

우리 모두 다 돌아가는 사람들.

목아지여

목아지여

목아지여

목아지여

멀리 서 있는 바닷물에선

난타하여 떨어지는 나의 종소리.'

하여, 나는 마침내 숨막히는 이 강산을 떠나기로 하고

이해 가을 만주제국 간도성 연길이란 곳으로 갔는데,

무간지옥에서도 위선 숫을 구멍은 있는 것이라

이때 간도성 고등관으로 있던 사내 하나가

내 친한 친구의 친형님이었기 때문에

그 덕으로 만주양곡주식회사 연길 지점의

경리과 고원 자리 하나를 어떻게 어떻게 뚫어 냈었지.

일본이 청나라 마지막 황제의 피붙이 하나를 꼬아다 등극시키고

그들의 괴뢰정권으로 억지로 세운 이 아득한 땅에서

그리하여 나는 그 취직 자리라는 걸 겨우 하나 얻게 되었네.

만주에서

'날라리' 가락을 아시는가?
청국淸國의 본고장—만주벌판이 마지못해 낳아 놓은
이 지상에선 가장 기괴하고 딱하게는 야한 음악
날라리 가락을 들어 보셨는가?
부엉이 소리와 올빼미 소리 비슷하면서도
칼 가는 소리, 칼 쓰는 소리, 누워서 칼 먹는 소리도 나는,
언제나 뼉다귀를 울리는 고량주 빼갈의 지독한 내음새와
그 안주로 꼭 한 가지만 씹어먹는 마늘 냄새도 나는
그 만주의 그 이상한 날라리 가락을 아시는가?

만주 국자가局子街— 일명 연길에 와서
처음으로 그 황마차幌馬車라는 걸 타고 달리며
구석구석에서 스며나오는 이 '날라리' 가락을 들은 뒤부턴
나는 무슨 새 인연으론지 여기 걸리어
한동안은 그 출처만을 눈여겨 찾고 다녔네.
회사의 정식 출근령이 있기까지는 한 달쯤이나
고량 모개 익어가는 만주 날라리의 늦가을 날들이
이 황야에 그득히 공짜로 구겨져 고여 있어,

이 하염없는 날들을 나는 날마다 그것만 찾고 다녔네.

이 날라리의 출처를 찾아 나서자면
그 날라리의 성분의 중요한 한 가지로만 보이는
마늘 안주의 만주 빼갈을 이쾌(一角 : 우리 돈 10전)어치쯤 사서 마시고,
그래 어느 날 황혼엔 고량밭 넘어 쑥대밭을 지나
공동묘지 비슷한 것 앞에 다닥드렸는데,
여기 무덤들은 이것도 괴짜라
시체가 든 관을 땅 속에 안 보이게 묻는 게 아니라
알땅바닥에 그대로 누여 놓아두고 있었네.

그리고 그 관 앞에선 웬 청의靑衣의 중년 만주 여인 하나가
허리를 굽히고 앉아 소리 내어 울고 있었는데
가만히 자세히 귀를 모아 들어 보니 아후! 바로 그게
크크르 크크 크크 크크르 하는 게
뼈를 깎아서 내는 듯한 그 만주 날라리의 근본이겠더군.
그러신데, 이것만 가지고는 너무나 찐해서
이 양념으론, 일본인 떠돌이들이 꾸며서 노는

그 싸카스라는 것도 이어 보러 갔었지.
콧수염을 단 난쟁이 피에로가 까부는 옆에서
어린애를 긴 장대 끝에다 얹어 놓고는
공 돌리듯 돌리고 노는 그런 것도 보고 있었지.

그러고는 또
우리네의 옛날 선비의 '서원' 이름 그대로인
××서원 하는 데 들어가서 5쾌쯤 내고
수박씨 볶은 것도 까며,
이 세상에서 제일 싸고도 살결만은 가장 부드러운
마늘 내음새 매옴하게 나는
토종 청의靑衣 여천사의 살결도 만져 보며
이것도 날라리 가락의 한 성분인 걸
새로 깨닫기도 했지.

만주양곡주식회사 연길 지점엔 초겨울부터 출근해서
영하 30도가 넘는 날엔 눈동자가 안 얼게
방한 안경이라는 걸 쓰고 다니고,

하숙집 뒷간에선 고드름 오줌을 누고 지내다가
나는 다시 용정이란 곳의 출장소로 옮겨 갔는데
여기 이 소장이라는 꼴같지 않은 일본 사내는
나를, 갖다가 무시해 보고 "죠꿍(서 군) 죠꿍" 그런단 말야.
조선인 차장한테 슬그머니 물어보니
그 소장은 소학교만 겨우 나온 순사 퇴물이 분명한데
여기 3석인 시인 신사 나에게
이건 너무나 건방지단 말야.

거기다가 어느 독하게 치운 날엔 나더러
중국인 부하 두 사람을 데불고 밖에 나가
마당에 산더미처럼 쌓여 있는 목재들에
회사 마크가 든 철인鐵印을 두루 찍어 내라는 것 아닌가.
쇠마치 한쪽 끝에 새겨진 이 철인을 한동안 찍어 가다 보니
손바닥의 껍질은 벗겨져 쓰려 못 견디겠고,
그보다도 약이 더 올라 견딜 수가 없었네.

하여 그날 밤에는

'그런 자의 콧대를 꺾을라면 어떻게 해야 하는가?'
그것 한 가지만을 요리 궁리 저리 궁리한 끝에
이튿날 퇴근 뒤엔 백계노인白系露人의 비싼 모피상을 찾아가서
진짜 표범가죽 조끼 하나를 두 달 월부로 계약해 사고,
고 다음 날부터는 그걸 싸악 받쳐입고 나가
점잖게 재고만 앉아 있었더니
아니나 다를까?
그 효력은 며칠 사이에 드디어 나타나고 말았네.
한동안 소장은 말없이 내 눈치만 살피고 지내더니
마침내는 '죠꿍(서 군)'을 '죠상(서 씨)'으로 고쳐 불러 주더구만.
이런 호피 조끼로 말하면
이런 데의 출장소장쯤으론 꿈에도 입어볼 수 없는 것이라
그걸 아는 나는 이걸로 그에게 겁을 주어
내 배후를 염려하고 무서워하게 만든 것이지.
만주라서 이런 꾀도 통했던 것이지.

뜻 아니한 인기와 밥

1941년 정월의 그 을씨년스럽게 칩기만 했던
간도 용정촌의 한겨울날 해 질 녘에는
'나도 장백산맥에 마적이나 되어 버릴까'
문득 그런 생각도 안 났던 건 아니었지만,
눈이 빠지게 나를 기다릴 처자식을 생각하니
그것도 그럴 수 없어
또다시 고향으로 되돌아가는 짐을 꾸렸다.
이때 여기 월급 45원으로는
처자와 세 식구가 살아남기도 어려웠고,
그보다도 그 만주 날라리의 한정 없는 죽음들이 빚어내고 있는
구중중한 허무의 장기瘴氣를 더 견디기가 어려워서였다.

그런데, 그 회로回路의 2월달은
그게 토정비결에도 나왔는지는 모르지만
어리무던하게나마 그 운수라는 게 내게도
괜찮았던 달이었나 봐.
나는 편지도 없이 지내던 사람이라 모르고 지냈지만,
그동안 여러 해 동안 이 손에서 저 손으로 건네다니던

내 처녀시집 『화사집』의 원고 뭉치도
비로소 우리 '시인부락'의 동인이자 남대문약국 주인이었던
무골호인 김상원의 온정을 만나 인쇄에 붙이게 되었고,
이 무렵의 유력한 인기 평론가였던 임화는
어디에선가 내 「행진곡」이라는 시를 들어
딱한 이 나라의 제일 시인은 서정주라고
추켜세워 놓기도 했고 해서
이때 이 귀향길의 서울 기류寄留는
내게는 참말 계면쩍을 정도의 호사한 일이었네.

『화사집』의 특제본은 화가들의 캔버스용 천으로 포장하고,
그 등때기는 최상질의 백색 명주에
주홍실로 수를 놓아 제목을 붙이고,
본문의 종이는 전주 태지를 여러 겹으로 부해서
다듬이질해 다시 다리미로 다린 것으로
그 부수는 한정판 35부, 정가는 5원.
그 병제본은 40부 한정판으로 정가는 3원.
그 표지는 완자무늬가 든 두텁게 노오란 장판지에

멋쟁이 시인 정지용이 추사체로다가
'궁발거사 화사집窮髮居士 花蛇集'이라고 기분 내어 쓴 것으로
본문 종이는 가장 두터운 상질上質 창호지였는데,

그 출판 기념회가 일류 요정 명월관에서 열리자
회비는 일금 십 원야로, 참석자는 아홉 명,
김기림, 임화, 김광균, 오장환, 윤태웅, 김상원 등이 모여
촌놈 나를 극진히는 반기어 주었네.

그러고 난 뒤 한동안을 나는
그 인기 있는 노릇의 술친구가 되어,
쏘아다니기를 좋아하던 기분쟁이 오장환이의 뒤를 주로 따라서
충무로와 명동과 종로 일대의
맥줏집과 선술집과 다방들을 헤매고 돌아다녔나니
"성님 성님 사촌 성님
어저께 왔던 각설이가
죽지도 않고 또 왔네."
붙임새 좋게 오장환이가 한가락 뽑으며 들어서면

종로 1, 2, 3, 4가의 웬만한 선술집에는
대개 그와 그의 또래들을 알아 모시는
마음씨 좋은 술시중꾼들이 있어
주인 몰래 몇 잔씩은 공짜로도 먹이었고,
또 술을 따르는 데도 정으로다가
그뜩그뜩 잔이 넘치게 퍼부어 주었네.
이 오장환이로 말하면
1936년 가을만 해도
나와 함형수한테 '빼갈' 마시는 것도 처음 배웠던 터인데
인제는 벌써 장안에서도 내노라는 술꾼이더군.

하여간에
마지막 같은 다정의 이 인기의 덕으로
그 다리가 다리를 놓고 또 놓고 해서
미션계의 명문 사립학교의 하나인
동대문여학교의 교사 자리도 하나 얻어 가지게 되었네.
그리하여 무언지 역시나 계면쩍은 느낌인 대로

행촌동에 문간방 하나를 얻어

나는 처자와의 서울살림을 비로소 차렸네.

* 편집자주—이 시에는 '특제본 30부', '병제본 100부'로 되어 있으나, 사실과 달라 고쳤다.

사립국민학교 교사

1941년 4월의 신학기부터
나는 동대문 옆 '동대문여학교'라는
여자만의 국민학교의 3학년 담임을 맡아 했는데
지금 기억하자니, 교과서보다는
역시 희랍신화나 톨스토이 동화 같은
이얘기나 재미 붙여 하고 지냈던 것 같군.
물론 체육 시간도 가르치긴 했는데,
여름에는 아마도 하얀 모시 두루마기도 입고
"하낫, 둘, 하낫, 둘" 하고 있었던 것 같군.
여류작가 최정희 씨가 뒤에 말하는 걸 들으면
어느 날 그가 우연히 이 학교 운동장 옆을 지나다가
그 안을 들여다보니 내가 그러고 있더라나.

이해 4월 내가 행촌동 어느 문간방에
새살림을 차렸을 때의 안 잊히는 기억으론,
시인 이용악이가 갖다 놓은 명란젓 한 통도 있군.
'오래 두고 너만 먹으라'고
이용악이의 고향 청진의 어머니가 부쳐 주신 것이라는

그 명란젓 한 통도 있군.
"나는 쬐끔밖엔 손대지 않았으니
자네 내외가 놓아두고 먹게" 하면서
내 새살림 축하로 갖다 놓은 그 명란젓도 있군.
이용악이는 이때 월간문학지 『인문평론』의 편집장이긴 했지만
월급은 몽땅 동생의 학비에 털어 넣고
잠잘 자기 방도 따로 없이
여기저기 친구들 방의 신세를 지고 지내던 때라
내 새살림방에 덧붙여 볼 생각도 없지는 않았을 텐데
남도 사람의 습관으로 들여놓지 못한 건
지금 생각해도 정말로 미안해.
일본 동경에서 그래도 상지대학이란 데도 졸업한
좋은 친구였는데 말야.

이해 제2학기부터는 월급을 좀 더 주는 자리로
용두동의 동광학교 제6학년을 맡아 옮겨 갔는데,
이때부터 아이들의 성명도 일본식으로
김가면 가네무라[金村]니, 연가면 노부다[延田]니 하여

출석부를 불러야만 하게 되었지.
다음 해 상급학교에 입학한 숫자로 보면
내 훈도가 과히 나쁘진 않았던 것 같은데
그것은 교과서 공부의 틈틈이 역시
재미나는 옛날이얘기를 해주었던 때문인 것 같아.
내 옛날이얘기를 좋아 경청한 나머지
딴 것도 다 비교적 잘 들어준 때문이겠지.

밤이면 돈 가진 파트론 친구를 따라
여자 있는 맥줏집에도 더러 드나들었지만,
다 같이 얻어 마시는 시인 신세끼리서
"이놈아 넌 장님 피리나 하나 불면서
딴 술집에나 가보는 게 좋겠다"고
시인 ×××가 시인 ○○○이를 면박을 주고 있는 걸 보고
술맛이 그만 떨어지고 나서는
이런 데는 다시는 끼이지 않기로 했네.

하니, 이때 학교 옆에 살고 있던

내 셋방으로만 술친구들은 몰려들어
내 아내의 그 가난한 고생은 아마 상당한 것이었을 거야.
거의 하룻밤도 빠짐이 없는
그 많은 병약주 사나르기 동태찌개 끓이기에
허리도 제대로는 못 펴고 살았었지.
이런 때 이런 곳의 그 마지막 같은 인기노릇이라는 건
이래야만 하기도 했었지마는
이건 내 본심에도 맞는 건 아니어서
이듬해 봄엔 자연히 이 학교도 그만두어야 했네.

하여, 멀찌감치 연희동의 궁골이란 곳으로 도망쳐 옮겨 가서
400자 원고지 한 장에 30전씩 받는
소설 「옥루몽」의 미문美文 번역에 고부라져 살았느니,
한 달에 60원쯤 벌며 오붓하게 지낸
이때를 내 아내는 생애에서도 행복했다고 해.
이 다 낡아빠진 초가집에는
조용히 미친 과부 며느리도 하나 있어,
한밤중에 내가 글을 쓰고 있으면

창구먹으로 담배를 들여밀며
"불 좀 붙여 주세요. 팥 삶으려고 그러니" 하던
그 어리석은 핑계 말씀도 기억에 남는군.

아버지 돌아가시고

1942년 8월, 내 출생지 전북 고창군 부안면 선운리에서
만년을 은거하시던 내 아버지가 58세로 돌아가시었는데,
한마디의 유언도 없이, 앓는 소리도 없이,
붉은 웃수염 끝을 잠깐 만져 보시고는
긴 여행길의 나그네 소년이 잠시 한잠 붙이듯
스르르 눈을 감으며 숨을 거두시었다.
아버지도 고질의 장출혈로 돌아가셨고,
나도 지금껏 그 병을 유전으로 이어 가지고 있으니
내 임종의 꼴도 아마 이 비슷할 것이다.
나는 붉은 수염이 아니니 이것 하나나
다를 것이다.

아버지가 일생 벌어 내게 남긴 유산은
이곳 선운리의 모시밭 2, 30마지기와
심원면이란 곳에 여기저기 사두신 전답 2, 30마지기에
생명보험료 일금 일천 원야.
그러나 재물에는 자고로 언제나 왁자한 말썽도 붙는 것이라
심원면의 콩밭 몇 마지기 때문에는

재판소에도 귀찮게 끌려 나가야 했고,

또 그 후렴의 시詩로는 그 원수에게서 숭어회도 좀 얻어먹어야만 했다.

청년 시절에 굶주려 밤에 남의 소를 훔쳤다가

징역살이하는 동안에 마누라를 뺏긴 김억만 씨는

풀리자 마누라도 되찾아 괜찮게 살고 계셨는데

이분이 내 아버지에게서 밭을 샀다고 그 이전 독촉 소송을 걸어왔고

내 어머니의 기억으론 그런 일은 전연 없다고 하시여

전주지방법원 정읍지청에서 재판에 걸렸는 바

조사해 보니 이 김억만 씨가 그 계약서와 내 아버지 도장을 위조한 게 판명되어

할 수 없이 또 감옥에 들어가게 된 걸

내가 제소 포기로 용서해 주었더니

감지덕지하여 심원면의 자기 집으로 나를 초대하고

손수 잡아 만들어 낸 그 숭어회였네.

환갑 나이의 김억만 씨도 무척은 기뻐했으니

이것도 시는 시지 별것이겠나.

이러구러 기러기 우는 가을은 또 와서,

어느 이슬비 내리는 오후를 나는 우산도 안 쓰고

심원면에서 선운사 입구로 가는 신작로를

어슬렁어슬렁 축축이 젖어 가고 있었는데,

길가의 실파밭 건너 오막살이 주막이 하나 보여

"약주 있소?" 하고 들어서니

"예" 하며 맞이해 나온 주모는, 뭐라 할까,

나이 사십쯤의 꼭 전라도 육자배기 그대로의 여인이었네.

"그렇잖아도 오늘은 한번 개봉해 볼까 하는

꽃술이 한 항아리 기대리고 있는디라우."

인사 말씀은 겨우 이것이었으나

그 말씀에 따르는 그 멜러디는 노련하신 육자배기 그대로여서

이거야 정말 김억만 씨 작作의 시보다는 한결 더 나은 것 같아

가뭄에 뛰어오르던 잉어 쏘내기에 다시 물에 잠기듯

"합시다" 하고 앞장서 방에 쑤욱 들어가서는

물론 그 꽃술 개봉이라는 걸 시키고

그 육자배기 예편네와 함께 눈 깜짝 사이에

그 한 도가니를 온통 다 마셔 버렸네.

'눈 깜짝 사이'라는 건 물론
좀처럼 눈을 깜짝거리지 않는 그런 사람을 표준해서 말씀야.
술도 술도 이렇게 억수로 먹히던 건
내 생애에서도 이것이 최고 정상이었네.

그 육자배기 예편네는 술이 얼얼하자
그 한 많은 진짜 육자배기도 나한테 들려주고
작별할 때는 역시나 그 육자배기 멜러디로
"동백꽃이 피거들랑
또 오시오, 인이……" 하고
우아래 이빨을 꼭 다붙여 물고
그 사이에서 나오는 'ㄴ' 치모음 소리로
그 '인이……'를 세계 으뜸의 매력으로 발음해 주었나니,
일찍이 하인리히 하이네가
"시악씨 입맞추며 우리 독일말로
'이히 리베 디히……'
그 소리 얼마나 듣기 좋은지
남이야 알라더냐?" 했던

그 '이히 리베 디히'보다
몇 갑절은 더 이쁘게 들렸네.

그런데 그 뒤 10년이 지낸 1951년의 대 빨치산 전투 때
경관들에게 밥을 지어 먹였다는 죄로
이 여자와 그 가족들은 빨치산에게 학살을 당하고,
그 주막도 불태워져 버리고
뒤에 내가 가 보았을 땐 그 실파밭만 남았더군.
그래 나는 그 뒤 선운사의 내 시비에 새긴
「선운사 동구」라는 시에 그 육자배기 소리를 담아 보았지.

'선운사 골째기로
선운사 동백꽃을 보러 갔더니
동백꽃은 아직 일러 피지 안했고
막걸릿집 여자의 육자배기 가락에
작년것만 상기도 남었습디다.
그것도 목이 쉬어 남었습디다.'

이조 백자의 재발견

아버지의 유산을 정리하고 나니,
안방과 건넌방과 마루 한 칸 부엌 한 칸의
오막살이 기와집 한 채가 흑석동에 남았을 뿐이다.
그나마도 그 반값은 금융조합에 저당해서 말이다.
1942년의 봄까지는
그래도 유산 나머지로 어찌어찌 유지해 갔으나
그해 여름이 되자 식량독은 바닥이 나고,
아내는 아이를 업고 고향으로 양식을 구하러 가고,
나는 또 마침 지독한 학질에 걸려서
고열 속의 하늘 속 여행에 여념이 없이 되었다.

열이 좀 가라앉아서 보면
여기 이때의 더부살이였던
소년 시인 이정호 군이 산토끼처럼 지켜보고 있었는데,
보리쌀 볶은 것을 반 보시기쯤 내게 보이며
"이게 마지막 것"이라고 해
냉수에 몇 알씩 씹어 먹기도 했다.
일본 군벌의 식량 통제는 이미 극도에 달해

옥수숫가루 조금씩 주던 것도 뜸해지기만 하고
암거래의 곡식값은 하늘에 닿아
나 같은 사람의 손엔 닿지도 않는 것이었다.

학질 다섯 직인가를 앓고 난 뒤에
후줄근한 모시 두루마기를 걸치고
하여간에 나는 혼자서 밖으로 서성거리고 나가
노량진에서 동대문까지 가는 전차에 올라탔는데
종로를 지나며 생각해 보니
내게는 이미 아무 데도 갈 곳이 없어
종로 3가에서 그냥 내려
그냥 또다시 노량진으로 돌아가는 전차를 갈아탔었다.

그래 그 전차가 남대문 가까이를 지나고 있을 땐데
차창 너머로 보이는
내게는 새로 착안된 것 한 가지에 쏠리어
나는 남대문에서 차를 내려 그리로 발을 옮겼다.
그것은 어느 골동품점의 쇼윈도 안에 진열되어 있는

이조 백자의 항아리들의 빛과 모양의 영향이었다.

하늘빛에 가까웁지만 그보단도 더 바래였고,
또 모든 어둠도 바랠 대로 바래어서
제 살 자리를 얻은 듯한
그러면서도 의젓하게 고웁기도 한
이 이조 백자 항아리의 빛과 모양에서
'이게 이 나라 사람들의 평준화된 마음'이었음을
비로소 가슴에 울리게 발견한 때문이었다.
이렇게 다소곳이 견디면서
식구들 데불고 살아갈 밖엔 없다고
깨닫게 한 때문이었다.

하여 이 골동 가게에서 나는 호주머니를 털어
싼 걸로 한두 개의 자기 그릇을 처음으로 사고,
또 이왕조李王朝의 밤길 가는 데 쓰이던
청사초롱도 몇 개 사서
그걸로 우리 집 전등불들의 덮개도 만들고,

또 이왕조의 서당 도련님들이 입던
쾌자도 한 벌 사서 내 방에 걸어두고 지내면서
「꽃」이라고 제목한
아래와 같은 한 편 시도 쓰고 지내게 되었다.

'가신 이들의 헐떡이던 숨결로
곱게 곱게 씻기운 꽃이 피었다.

흐트러진 머리털 그냥 그대로
그 몸짓 그 음성 그냥 그대로
옛사람의 노래는 여기 있어라.

오 — 그 기름 묻은 머릿박 낱낱이 더워
땀 흘리고 간 옛사람들의
노랫소리는 하늘 우에 있어라.

쉬여 가자 벗이여 쉬여서 가자
여기 새로 핀 크낙한 꽃그늘에

벗이여 우리도 쉬어서 가자

맞나는 샘물마닥 목을 축이며
이끼 낀 바윗돌에 텍을 고이고
자칫하면 다시 못 볼 하늘을 보자.'

종천순일파?

1943년 가을부터 약 반 해쯤
나는 선배 문인 최재서 씨의 요청으로
그의 출판사인 인문사에 들어가
일본말 시 잡지 『국민시인』의 편집일을 맡았으나,
근년에 민중문학가 일부에서 나를 지탄하고 있는 것 같은
그런 비양심이나 무지조無志操를 내가 느끼면서 그랬던 건 아니고
이게 내게도 불가피한 길이라고 판단되어서 그랬을 뿐이다.

일본은 이미 벌써 만주를 송두리째 그들의 손아귀에 넣어
만주제국이라는 그들의 괴뢰 정권을 세운 지 오래였고,
중국의 중화민국 정부도 먼 서쪽 변방으로 쫓아내고,
왕조명汪兆銘이를 시켜 남경에 더 큰 괴뢰 정부를 세웠으며,
싱가포르를 함락하고,
필리핀을 입수入手하고,
동남아 전체를 먹어 들어가며
'대동아 공영권을 세우자'고
우리 겨레에게도 강요하고 있어
그들의 이 무렵의 그 욱일승천지세 밑에서

나는 그 가까운 1945년 8월의 그들의 패망은
상상도 못했고
다만 그들의 일백 년 이백 년 삼백 년의 장기 지배만이
우리가 오래 두고 당할 운명이라고만 생각했던 것이니,
처자를 거느리고 또 자손의 살아남을 길도 내다보아야 하는
나 같은 사람의 '인문사' 입사는
그저 당연한 것으로만 이때엔 판단되었을 뿐이다.
또 달리 호구 연명할 길도 아무것도 없었다.

그러나 이 무렵의 나를
'친일파親日派'라고 부르는 데에는 이의가 있다.
'친하다'는 것은
사타구니와 사타구니가 서로 친하듯 하는
뭐 그런 것도 있어야만 할 것인데
내게는 그런 것은 전혀 없었으니 말씀이다.
'부일파附日派'란 말도 있긴 하지만
거기에도 나는 해당되지 않는 걸로 안다.
일본에 바짝 다붙어 사는 걸로 이익을 노리자면

끈적끈적 잘 다붙는 무얼 가졌어야 했을 것인데
나는 내가 해준 일이 싼 월급을 받은 외에
그런 끈끈한 걸로 다붙어 보려고 한 일은
단 한 번도 없었기 때문이다.
나는 이때 그저 다만,
좀 구식의 표현을 하자면
'이것은 하늘이 이 겨레에게 주는 팔자다' 하는 것을
어떻게 해서라도 익히며 살아가려 했던 것이니
여기 적당한 말이려면
'종천순일파從天順日派' 같은 것이 괜찮을 듯하다.
이때에 일본식으로 창씨개명까지 하지 않을 수 없었던
우리 다수 동포 속의 또 다수는
아마도 나와 의견이 같으실 듯하다.

몽고 침략을 당하며 살던
우리 고려인들의 심상이 어땠었는지는
딱은 모르지만,
나는 이조 사람들이 그들의 백자에다 하늘을 담아 배우듯이 하늘의 그 무한 포용을 배우고 살려 했을 뿐이다.
지상이 풍겨 올리는 온갖 미추美醜를
하늘이 '괜찮다'고 다 받아들이듯
그렇게 체념하고 살기로 작정하고
일본 총독부 지시대로의 글도 좀 썼고,
일본군 사령부의 군사 훈련 때엔
일본 군복으로 싸악 갈아입고
종군 기자로 끼어 따라다니기도 했던 것이다.

서울 용산 주둔의 일본군 사단이
김제 만경평야 일대에서 전쟁 연습을 하고 있었는데
이때 어느 휴식 시간의 어느 귀퉁이 풀밭에서던가
같이 종군해 있던 최재서 씨가
문득 내 목을 끌어안고 딩굴며 울던 일은
지금도 눈에 역력히 보이는 것 같다.
도스토예프스키의 무슨 소설 속의
심리 이애기를 하고 있던 판이었는데……
그러나 나는 눈물도 나지 않았었다.

다시 걸린 독립운동 혐의

그러나 친일파 그것 한 가지로써만
내 일정 치하의 생애가 종지부를 찍기는
무언가 좀 승겁고도 섭섭했던 것인지,
1944년 봄 그 원수 것의 진달래가 또 피자
나는 독립 고취 연극운동의 지도 혐의로
수갑을 차고 끌려가게 되었지.

새벽잠에 꿈을 꾸니
피사의 사탑처럼 비스듬이 기우는 탑의 옥상에
나는 안절부절 못하고 서 있고
그리로 올라오는 사다리에는
내 고향인 전북 고창의 경찰서 고등계 주임인
이윤길 씨가 나를 잡으러 올라오고 있었는데,
꿈에서 깜빡 깨어나 들으니
비어 있던 건넌방의 벽시계는 요란한 소리를 내며
방바닥에 떨어져 내려 산산조각이 나고,
그로부터 오래잖아 우리 집 대문 밖에서
"서 선생……" 하고 누가 찾더니

아까 꿈과 조금도 다를 것 없는
그 이윤길 씨가 문 열어 준 내 아내의 뒤를 따라 내 앞에 나타났다.
나는 내 생애에서 꿈과 생시가 일치하는 걸
몇 번 경험한 일이 있었으니
이것도 그중의 하나다.

전주 검사국 검사의 구속 영장 제시를 받고
고창경찰서에 끌려가서 알아보니,
내가 7, 8년 전에 고창서 묵고 있을 때 사귀었던
후배 청년 몇 사람이 순회 연극단을 꾸며 공연하고 다니다가
그 내용이 불온하다 하여 체포되었는데,
그들에게 "누구의 영향을 받았느냐?" 채근하니
그것은 7, 8년 전의 서정주의 영향이라고 했다는 것이었다.

하여 나는 여기 유치장에 잡범들과 함께 수감되어
두 달 반쯤을 썩고(?) 지냈는데,
지금 다시 생각해 보니
내게 그건 썩는 게 아니라, 좀 얄궂은 대로의

일종의 휴양소는 휴양소였던 것 같다.

쇠창살 틈으로 새여 드는 햇살에 비쳐서
옷의 이들을 잡고 지내기,
양말 위춤의 실을 풀어 그걸로
양복바지 엉덩이 헤어진 델 누비기,
(바늘은 이런 곳엔 비장품의 전통으로
늘 남아 있는 것이니까),
낚시로 간수의 책상에서 낚아 들인 담배를
피우는 그 연기가 새어 나가지 않게
간수 반대 쪽의 쇠창살을 향해 뿜어 올려 내보내기,
공범 누구의 가족이 밤에 간수를 매수하여
고사리 넣은 조깃국이라도 들여오는 때는
이거야말로 이 세상에선 다시 없는 진미이기도 했나니,
이런 데 오래 묵을 형편이어서
제절로 어느 사인지 감방장으로 한 등 올라앉는 날에는
여기도 아쉰 대로 괜찮기사 괜찮은 것이라구.

내가 한참만에 여기서 그 감방장이 되었을 때,
일본에 징용 간 아들이 남기고 간
제 며누리를 붙어 애를 낳아 죽인 죄로
잡혀 들어온 목수놈이 하나 우리 방으로 들어왔는데,
이놈은 나이가 내 아저씨뻘은 되면서도
나보고는 늘 "선생님 선생님" 하고
또 한문으로 소동파의 적벽부도 곧잘 외고 있었지.
내가 불교의 수식관數息觀으로 숨쉬는 그 수를 세고 지내는 걸 보고
저도 내게 배워 그걸 본따 하고 지내기도 했는데
그 뒤 어찌 됐는지 궁금키도 하군.

내가 여기서 풀려나온 이유도
검거된 거나 마찬가지로 엉터리였으니,
6월 어느 날 취조 받으러 나가 보니까
전북도 경찰부에서 나 때문에 온 젊은 일본인 경부가 보였는데,
그가 8, 9년의 평순사 시절에
우리 집에 청결 검사를 나왔다가 나와 알게 된
어느 만큼의 시 애호자였기 때문이었네.

그는 일본에서 고등학교도 다니던 사람으로
이시가와 다쿠보쿠란 즈이 시인의 시를 아주 좋아한다 하더니
그 사이에 진급이 빨라 어깨에 금빛 찬란한 경부나리가 되어 있어서
나의 아리바이를 인증해 나를 곧 석방해 주기도 하더군.
아니었으면 나는 해방 때라야 나왔을 거야.

일정 치하의 막바지 때

'산 입에 거미줄은 안 친다'는 말이 있지만
1944년 6월 고창경찰서에서 무혐의로 풀려나온 뒤
1945년 8월 해방까지의 한 해 남짓한 동안을
나와 내 처자가 살아남은 걸 회고해 보자니
이게 바로 그것인 것만 같다.
민음사가 1983년에 발행한 내 시전집의 작품 연보를 보면
1944년 3월에서 10월까지는
잡지 『춘추』에 소설 「옥루몽」을 번역해 연재한 걸로 되어 있는데,
이게 그 동안의 내 고정 수입의 전부였으니
나머지는 무얼로 살았던가?

첫째 내 아내가 시집올 때 가지고 온
화류장롱을 비롯한 쓸모 있는 것 전부가
아조 싼 헐가로 방매되었다.
(이 화류장롱 없어진 것만큼은 그 뒤 아내가 두고두고 섭섭해 해서,
1972년에 일지사가 내 문학전집을 냈을 때
그 인세로 대용품인 자개장롱을 하나 사 겨우 메꾸긴 했지만……)

그 다음으로 내가 마음을 쓴 것은
내 친구 미사를 따라 증권시장이나 경마장에 드나들며
그 '합백合百'이라는 걸 견습하는 일이었는데
이 '합백'은 합법적인 참가가 아니라
뒷전으로 숨어 몰려다니며
'어느 게 이기느냐?'를 놓고
서로 돈을 걸어 도박하는 것이다.
합법적으로 하던 밑천이 동난 자들이
어찌어찌 잔돈을 마련해 가지고 와서
밥이라도 먹으려고 덤비는 판이고
또 순사한테 붙잡히면 경치는 판인지라
이 패들은 매우 험악하고, 또 비겁하기도 했으나
미사와 나는 여기 끼어 더러 벌기도 했다.

그리고 이 살기 어려운 동안의 할 수 없는 틈틈이
하늘과 함께 나를 끝까지 도와 준 사람이 하나 있으니
그는 노가대 '우미히라구미[海平組]'의 사장의 장남—
시 동호인 윤형섭이다.

일정 치하의 우리나라 사람들의 숨은 고집은
일본말도 제대로 발음하지를 않고
토목공사를 하는 '도가다[土方]' 같은 일본말도
'노가대'라 고쳐서 써먹었던 것이니,
이때의 내 친구 윤형섭이의 아버지가 하시던 '노가대'는
우리나라 사람이 하던 '노가대'들 중에서도
가장 큰 것의 하나로
서울 시내의 국민학교도 여러 개 짓고
수색에서 능곡 사이의 큰길도 내고 하던 터이라
그 많은 일꾼들 사이에 한동안씩 숨기에도 안성맞춤이어서
내 아우 서정태는 거기 끼어 얼마 동안 지내기도 했었다.

그러나 1945년 일정 막바지 해의 봄이 되자
일정은 서른한 살짜리 호주 가장인 나까지도
'보국대報國隊'란 이름의 징용령으로 잡으러 다녀
나도 윤형섭의 우미히라구미에
한동안씩 숨어 지내야 하는 신세가 되었다.
그는 또 거기를 떠날 때마다

얼마큼씩의 양식 꾸린 걸 내 손에 쥐어 주어
그걸로 우리 식구를 구제하기도 했다.
우리 집 근처에는 '가네무라'라는 마음 좋은 회사원이 살았는데
이 무렵 나는 이 댁을 거점으로 해서
내 아내와의 연락을 취하고 있었던 것이다.

허지만 전쟁이 언제 끝날는지
나로서는 그저 아득하기만 했고,
또 이렇게 늘 형사의 눈을 피해 숨어 지낼 수도 없고 하여
나는 드디어 마지못한 용기를 내어
'국민총력연맹'이라는 무시무시한 기관의
간사의 하나인 동포 ×××씨를 찾아갔으니
그는 일본에서 괜찮은 고등학교 교사였던 사람으로
내 시를 어느 만큼 좋아하던 걸 기억해 낸 때문이다.
하여 그의 알선으로
전라북도 정읍 군청의 고원 자리 하나를 얻게 되고
이걸로 징용 갈 염려도 사라져
내 처가가 있는 그 정읍으로 이사하려고

흑석동의 오막살이도 팔아넘겼었는데,

난데없는 8·15의 해방이 왔다.

해방 바람에

1945년 8월 15일,
오래 갈 줄 알았던 일본은
미국의 벼락 같은 원자탄 폭격에 항복하고
그 덕으로 우리에게도 일본으로부터의 그 해방이 와서
미소美蘇 양국의 승전군이 서울역에서 내린다 하여
그리로 몰려가는 사람들의 행렬 속에 끼어
나도 미사와 함께 꿈속을 가듯
그 구경을 가고 있었네.

그러나 미군도 소군도 이 날은 오지 안해
미사가 묵고 있던 종로 종각 뒤 여관으로 돌아와서
위선 너무나 허기진 배들을 채우기 위해
그 근처에 선술집을 하나 차려 냈는데,
미사가 사기열전 속의 사마상여처럼
삼베로 만든 쇠코잠뱅이를 입고
밀주와 밀살 쇠고기를 모아들여 놓으니
어디서 듣고 오셨는지
우리 둘의 중앙고보 때의 은사

시인 수주 변영로 선생과
국사학자 애류 권덕규 선생도 찾아오시어
다 낡은 양복에 껌정 고무 신발로 나란히 앉아
아조 맛있게 만끽도 하셨네.
물론 여기선 돈 받고 파는 게 목적이긴 했지만
돈 없는 선후배와 친구들도 꽤나 모여들어
오래잖아 그만 문 닫아야 했었지.

나는 해방 얼마 전에야 겨우
징용 안 갈 일자리로
전북 정읍 군청의 고원 자리 하나를 얻어 놓고
흑석동의 오막살이도 팔아 버린 뒤라
옮겨 갈 곳을 찾아 헤매던 중에
마포구 공덕동 301번지에
내 친구인 일본 시인 노리다께 가즈오의
허술한 셋집이 반 채 내 차례가 돼
그리루 식구들을 데불고 들어가 살게 되었네.
여기는 그 전에는 두붓집이었던가,

오래된 살구나무도 한 그루 서서 살고 있는
이조말식의 하급 기와집으로,
나는 여기서 1970년 3월까지
사반세기를 그래도 우로雨露를 가리고 살아 냈었지.

1933년 가을 내가 한 톨스토이 아류로
마포 도화동 빈민굴에 묵고 있을 때 사귀었던
이 빈민굴의 지도자 하마다 다쓰오는
전시에는 남조선전기의 상무까지 되어 있었는데
이 사람은 일본으로 떠나기 전 나더러
이 나라에 남긴 그의 재산 일체를 맡으라고도 했으나
친일 모리배로 몰리면 창피할 거라
그런 일까지는 감히 손을 내밀지 못했었지.
서울에서 가장 컸던 마포의 연탄공장
그것 하나만 슬그머니 맡아 두었더래도
팔자가 한결 좋아졌을 텐데 말씀야.

나는 이 해방되던 해 10월부턴가는

일정 말기에 내 글을 싣던 『춘추春秋』라는 잡지사에 들어가
그 편집부장으로 월급 삼백 원씩인가 받아먹고 지냈는데
12월이던가 눈이 썩 좋게 나리는 날
누가 전화로 "여기는 999번입니다" 하여
어디 누구시냐고 물었더니
그곳은 중국에서 돌아온 임시정부 숙사고,
자기는 그 선전부에 있는 김광주라고 하고
되도록 빨리 만나자고 그 숙사의 주소를 알려주는 것이었다.
그가 바로 중국 가서 오랫동안 소식이 없던
시인이고 소설가인 그 김광주였다.

그래 나는 바로 그를 찾아가서
그가 권하는 양주 '죠니워카'를 취토록 마시고,
그의 말대로 '대한민국 임시정부' 산하의
한국청년회라는 단체의 간부 중의 하나로 가입할 것을 승낙하고
이튿날부터 춘추사는 그만두어 버렸다.
이때 이 한국청년회의 간부들은
기독교청년회, 서북청년회, 건국청년회 등

꽤나 무시무시한 우익 청년단체의 대표들로 구성되고
장준하, 손기정 등과
문인으론 김동리, 이한직 등도 가담했는데
월급도 수당도 아무것도 보수는 없었지만
내게는 비로소 내 설 자리를 바로 찾은 것 같았다.
이때도 벌써 좌익의 테러는 범람하고만 있었으니까.

그러나
식구의 호구 연명은 무엇으로 하는가.
궁여지책으로 나는
아현동 근방의 아직도 어수룩한 고본상에서
쓸 만한 헌 책을 싼 값으로 입수하여
거기 적힌 매가賣價 표시를 지우고
이걸 명동이나 인사동의 어엿한 고본상에 가지고 가
좀 비싸게 팔아 이익을 따먹는
그런 좀 비열한 수단까지도 안 쓸 수는 없었다.
지금도 그건 좀 미안하게 느끼는 바다.

동아대학교의 전임강사 시절

해방 다음 해인 1946년 늦가을
청년 운동도 시인 노릇도 너무나 배고파
헌 옷가지를 충무로에서 팔고 돌아오는 길인데
일정 말기의 인문사 사장 최재서 씨를 뜻밖에 만났다.
부산에 '남조선대학'이라는 게 새로 생겼는데
국문학의 전임 강사로 가볼 생각이 없느냐고 해서
이건 웬 떡이냐고 배짱 좋게 승낙하고 말았다.
일본 말로밖에는 노트도 할 줄 모르는 학생들이니
무슨 과건 다 모아 놓고
우선 우리말로 노트할 만한 능력만 만들어 주면 된다는 것이었다.

하여, 나는 11월 하순의 꽤나 치운 날,
깃에 깜정 수달피 털을 단 근사한 외투를 입고
그 대학 전임의 발령장을 받기 위해
이불 보따리는 등에 메고 만원열차에 실려 갔는데
이 귀골용의 수달피 깃의 외투로 말하면
일정 말기의 내 친구였던 일본인 시인 고마다 깅고가
이 나라 해방 뒤 자기 나라로 돌아갈 때

"당신에게나 인제는 소용 되겠다"고
내게 물려주었던 것이다.
가가가가呵呵呵呵……

부산에 가서 만나 보니, 학장은
지난 2차대전에 참가했던 미국 육군 중령 출신의 교포로
이때는 미국 군정부의 경남 지사직을 겸하고 있었는데,
학교 교사라는 것은 일본인들이 남기고 간
동대신동의 암담한 공장 창고였었네.
이것이 뒤에 대 동아대학교가 된 것이지.

내 강의 목적은 첫째 우리 말맛에 재미를 붙이게 하여
그걸로 노트의 문장을 꾸미게 하려는 것이었으니까
우리말의 조직적인 아름다움을 비교적 잘 나타내고 있는 것으로
시인 정지용의 「달리아」라는 시를 하나 골라
기세를 올려서 열변을 토하고,
밤에는 이것도 일본 잔재인 일본식 다다미의 하숙방에서
엔간히는 파랗게 떨고 지냈다.

솔직이 말해서
이때 내게는 그 대학교수라는 것의 기분이 좋아서,
또 사실은 따로 밥 먹고 살 만한 일자리도 안 보여서
이듬해 봄의 새 학기에도
흰 조끼를 갖춘 중고품 회색 양복 한 벌을 사 입고
교수연한 보무를 옮겨 왔던 것인데,
이때 새로 정한 하숙에서는
내 그 중고품 단벌옷을 밤에 누가 훔쳐가 버려
난생처음의 대학교수 기분도 잡쳐 버리고 말았다.
가가가가呵呵呵呵.

1947년의 신학기부터
이 학교 교사는 또 먼 부산진으로 옮겨 가서
나는 그래도 당시 유행의 조랑말 마차를 타고
그 딸랑거리는 말방울 소리를 듣고 가는 것이 첫째 재미였고,
그 다음으론 자갈치시장 언저리에 나가서
비쌀 것 없는 멍게나 해삼 같은 걸 사들고 가
수수한 동동주에나 잠기는 게 가장 괜찮았나니,

이 자리엔 약관 시인 이봉래가 더러 끼어들어
그런 술맛을 돋구기도 했다.

그러자니 서울 식구들에겐 송금할 것도 없어
아내는 이때에는 수를 놓아 모자가 연명하고 지냈다 해.
미군들이 그들의 파자마 같은 것에
용이니 뭐니 그런 수를 놓는 것을 좋아해
이것을 맡아 하는 여인들의 일터도 생겨서
그 덕으로 한동안 부지하고 지냈다고 해.

이승만 박사와 함께

1947년 여름 방학이 되어 서울로 돌아왔더니
윤보선 씨가 발행하는 일간신문 민중일보사에서
나더러 긴급히 들르라는 연락이 있어 가 보니,
그건 이승만 박사의 전기를 써달라는 것이었다.
귀국하신 이 박사를 위한 기념사업회가 생겨
윤보선 씨가 그 회장이 되었는데
그의 민중일보 간부인 문인들의 의견을 모아 보니
서정주의 문장력이면 좋겠다 하여
내게 그 위촉을 하기 위해 부른 것이다.
그래 나는 부산에서 교수 노릇하는 기분보다는
국부國父로 불리우는 이분의 전기작가 쪽의 기분을 택해
이 여름부터 바로 이 일에 착수했으니 기분이란 참으로 묘한 것일세.

하여 칠십이 힐끗 넘은 이 영감님과
돈암동의 돈암장이란 곳에서 초대면의 인사를 나눈 뒤에
그해 겨울까지, 그분이 옮겨 다니는 곳을 따라
마포 강가의 마포장, 낙산 밑의 이화장으로 따라다니며,
주 2회씩 위선 그 전기의 자료로

그분 자신의 회고 구술을 열심히 노트하고 지냈었나니,
이것은 내게는 또한 처음인
발견이요 매력이요 보람이었네.

마포장에 비 내리던 가을날 어느 오후
그의 구술을 시작하기 전에
그가 그의 한시 근작—

'무엇하러 강가에 이사해 사느냐고
찾아오는 사람마다 묻고 있지만
그대여 머리 돌려 창밖을 보게
오호五湖엔 연월煙月이요 온 산이 가을일세.'

이런 뜻의 칠언절구 한 수를 내게 들려주며,
또 그의 호주머니에서
빨간 사과 한 개를 꺼내 주면서
나보고 먹으라고 눈으로 말하시던 일,
그리고 그 옆에서는 그의 그림자처럼

그의 부인 프란체스카 여사가
뒤꿈치 구멍 난 그의 양말을
전구에 끼워 가지고 때워 깁고 계시던 일,
그때의 이런 일들은
아직도 역력히 내 마음눈엔 보이는군.

그러나,
이 박사와 나의 직접 관계는
이 33장에 다 요약하려고 해
1, 2년을 앞당겨서 말씀이거니와,
내가 쓴 이 전기를 연재하기로 했던 민중일보는
1948년이 되자 새 대한민국 정부 수립 바람에
흐지부지 폐간이 되고 하여,
나는 이해 봄 내가 동아일보 사회부장으로 있을 때
38이북 통신사라는 걸 하는 이북李北 씨의 요청으로
거기서 이걸 이해 겨울에 책으로 발행하게 됐는데,
이미 대통령이 되어 계신 이 박사께 이걸 갖다 올리게 했더니
다짜고짜로

이 책은 발매금지 처분이 되고
치안국은 나서서 서점에 진열된 책들을 모조리 압수해 버렸네.

그분을 그저 하늘처럼만 여겨 표현한 이 책이
아무런 법적인 진행도 없이 이리 되고 보니
'청천에 벼락도 유분수지'만 싶어
머리 둘 곳이 없는 정말 따분한 심경이었네.
이 책의 발행자 이북이는 나더러
"거 왜 충신이 왕에게 직간할 때의 그것 있지 않소?
이 대통령 각하 앞에 울면서 나가
댓돌에다가 머리라도 부딪치면서
한번 탄원을 해보시구랴" 했으나
연극엔 소질이 없는 내가
어찌 그 짓인들 해낼 수나 있었겠나?

왜 그렇게 하셔야만 했는지
그 확실한 이유를 몰라 오래 두고 궁금하던 중에
1960년대인가 70년대인가의 어느 달의 한국일보 지상에서

'나의 이력서'란 제목으로 시인 김광섭 씨가 한동안 연재한
그 글에서 비로소 이 이유는 겨우 밝히어졌는데
그것은 아조 간단한 일로
이 박사댁 어른들의 이름 밑에
경칭을 붙이지 않았다는 것이었네.
"맹랑하다"고 화를 내시더라고
김광섭 씨는 써 놓았더군.
그는 대한민국 국초부터 이 대통령의 경무대의 대변인이었으니까
이때의 그분의 일을 누구보다도 잘 알고 있었던 것이지.

허나, 지금 앉아 곰곰히 생각해 보니
우리 한국인 영감님 이승만 어른께
원한하기보다 빌어야 할 건 바로 나인 것만 같네.
서양의 전기들엔 경칭이 안 붙었던 것만 생각해서,
또 이 박사가 반세기 동안이나 서양에서 사셨던 것만을 생각해서
이 나라의 관습을 접어 두려 했던 건
아무래도 내가 좀 까분 것이었네.

동아일보 사회부장, 문교부 초대 예술과장

1948년 봄 햇빛이 가엾은 날이었는데,
종로 종각 근처의 길을 가고 있노라니까
누가 등 뒤에서 나를 불러 돌아다보니
그는 인촌 김성수 선생의 넷째 아들 김상흠이었다.
그는 1941년경엔 연희전문 학생으로
시인 김소운과 나한테 징기스칸식 불고기도 사 먹이고
조선어학회 사건으로 감옥 구경도 좀 한 사람이었는데
지금은 동아일보 기자라고 하며
나보고도 같이 해 보자는 것이었다.

"그러자"고 했더니, 바로 며칠 뒤엔
나는 바로 동아일보 사주인 김성수 선생 방에 초치되었는데
영예롭게도 나는 이분과의 점심 겸상 대접을 받고
"들으니 자네 문학이 거 상당하더군"
하시는 찬사도 받고
며칠 뒤부터 일약 대 동아일보사 사회부장 자리를 맡게 되었다.
인촌 선생과 겸상해서 점심을 먹던 때의
그 깨끗하던 옥색의 몇 개 안 되던 식기들과

거기 놓였던 싱싱한 생굴 맛을 지금도 나는 잊을 수 없거니와
이런 것이 바로 인촌 가풍의 맛 아닐까 한다.

동아일보사 사회부장 데스크에 앉아서 보니
첫째 기자들의 기사 문장이 마음에 거슬려
그걸 열심히 고치고 지냈는데
"여기가 소학교 작문 교실인 줄 아시오?" 하는
누군가의 핀잔에는 씁쓸하였고,
거의 밤마다 마시게 되는 정객들과의 술자리는 피곤하였다.

어느 날은 '바른 태극기 게양 운동본부'란 데서 와서
"지금 쓰고 있는 태극기는 네 귀의 괘가 틀렸다"고 해
그 사실을 기사로 써서 큼직하게 냈더니
이튿날엔 주필실로 불려 가서
"아직 확정도 안 된 것을 한쪽 말만 듣고 그렇게 다루느냐?"는
꾸지람을 톡톡히 받았고,
오래잖아선 문화부장으로 좌천이 됐는데
이번엔 또 작고한 지 얼마 안 되는 좌옹 윤치호 선생의

이쁘게 생긴 아들 하나가 찾아와
"내 선고先考의 유언인데
애국가 작사는 이조 말에 내 아버지가 쓰신 겁니다" 해서
그 사실을 또 그대로 신문에 냈더니
이튿날엔 또 사장실에 불려가
"많은 사람들이 그건 안창호 선생 작사라고 하는데
친일파로 지탄받고 있는 좌옹의 것이라고
동아일보가 지금 편들고 나와야 하느냐"고
사장과 주필의 호된 나무람을 들었다.

하여 나는 적지 아니 객쩍고도 무안하던 중에
이해 8월 15일 해방기념일에
새로운 우리 대한민국 정부가 그 수립식을 갖고
3급 갑, 을류의 행정관 채용시험을 보이게 되자
그 새맛에 흥분하여 여기 응시해서
그 갑류인 서기관에 뽑히여
이때는 문교부 소속이던 예술과의 초대 과장이 되었던 것이다.

그러나 이때의 행정부의 과장 노릇이라는 것도
나 같은 사람에겐 정말 견디기 어려운 것이었네.
개미 코빼기보다 좀 더 적은 월급에
과원의 반 이상은 점심 도시락도 없어
팥빵 두어 개로 끄니를 넘겼고,
어쩌다가 한 번씩 영화대본 검열필이라도 내주는 날
제작자 측이 와서 점심 초청이라도 할작시면
계장급들은 염치 불구하고 여기 매달렸는데,
그 어디 음식점에 가 자리잡고 앉으면
접대부 여자 수는 우리네 손님 수보다도
더 많이 모여들어
옛날의 왕조식으로
"영감! 영감마님" 하며 갖은 불쌍한 아양을 다 떨었고,
회로에 제작자는 금일봉이라는 걸 내게 내놓기도 했는데
이걸 번번이 거절해 내기도 사실은 꽤나 힘드는 일이었네.

이런 일 저런 일에 주량만이 늘어서
1949년 여름에는 지병인 장출혈이 재발해

서기관 생활 만 11개월 만에 의병依病 사표를 내고
행정관리 노릇 그것도 마무리를 지어야 했네.
결국은 너무나도 내게는 숭거워서 말씀야.

6·25 민족상잔의 때를 만나서

1945년 2차 세계대전 말기에
미국의 맥아더 장군 휘하의 장병들이
일본을 항복시킨 덕택으로써
불행한 우리 겨레에게도 일본 식민지에서의 해방은 왔으나,
소련은 대전 중에 미국과 한동안 연합했던 걸 핑계로
평양에 그들의 군대를 진주시켜
장백산맥 공산 게릴라의 일원인 김일성이를 내세워
소위 북조선 인민공화국이라는 공산주의 정권을 수립케 하여
사사건건 우리 대한민국에 대해 딴전을 보게 하더니,

드디어 1950년 6월 25일에는
우리나라에 정식 선전 포고를 하고
소련제의 많은 탱크 부대를 앞세우고 대거 남침을 자행케 하여
6월 28일 아침에는 서울을 강점해 쳐들어오니
자유와 평화와 번영의 꿈속에만 잠겨 있던 서울 주민들은
이 뜻밖의 폭거 앞에 당황하여
남으로 도망갈 길만을 찾아
한강가로 한강가로만 몰려들었다.

그러나 남으로 가는 유일한 통로인 인도교는
이미 6월 28일 첫새벽에
최모 대령이란 사람의 손에 폭파되어 버린 뒤였으니
이게 무슨 마음에서였는지 딱이는 모르지만
미련하기는 매우 미련한 노릇임엔 틀림없었다.
미련한 곰같이 미련한 노릇임엔 틀림없었다.

나로 말하면 겁도 많고 또 눈치도 빠른 한국인인지라,
한동네의 좌경분자들의 가해 행위 준동 가능성에
6월 25일부터 예의 대비하고 지내다가
그 27일 밤엔, 나에 공감하는 시우 조지훈, 이한직을 데불고
원효로 4가의 내 처이모님 댁에 숨어서 뜬눈으로 지새웠는데,
28일 날이 밝아 들으니
김일성의 인민군 탱크 부대는 이미
우리에게 바짝 가까운 마포에까지 쳐들어와 있다는 것이었다.

"되도록 빨리 한강을 남으로 건너가야 산다.
어떻게라도 해서 타고 갈 배를 하나 붙잡아 보자"는 게

우리 세 사람 시우들의 일치한 의견이어서
과부살이를 하고 있는 내 처이모님에게 그걸 말하고
내 처자의 한동안의 보호를 부탁했더니
김밥 한 보재기를 만들어 싸 주시어서
그걸 들고 우리 셋이는 강가 언덕으로 나갔다.

그러나 강가는 동에서 서까지
눈에 보이는 한 '개미 장 서듯'한 인산인해이고,
배들은 모조리 너무나 많은 우리 피난객들의 무더기 급습을 피해
저만큼 멀찌감치서 도사리고만 있어
성질이 급한 헌병은
"안 오면 쏘아 죽인다"고 공포空砲도 쏘았으나
막무가내의 침묵만이 그 답변이었다.
마포까지 왔다는 인민군 탱크가 언제 이리루 몰려올지 모르는 터에
이건 정말로 그 위기일발이었다.

그래 나는 있는 대로 지혜를 다 짜내서
비교적 낮은 언덕에 비교적 가까이 떠 있는

배만을 눈여겨 찾아 헤매다가
마침내 그것 하나를 찾아내고는
"이판사판이다! 뛰어내리자!
어렸을 때 치던 개구리헤엄이야 칠 수 있겠지.
한 20메터쯤만 허부적거려 가도 저 배는
잡을 수 있겠다!"고
큰 소리로 두 친구를 보고 고함을 쳤다.

그리하여 나는 수영 선수들의 다이빙 흉내를 내서
두 팔을 쭈욱 내리뻗치며 강물에 뛰어들어
그 배를 향해 허부적, 허부적 개구리헤엄을 쳐 갔는데
그렇지, 천우신조라는 건 역시나 있어
간신히 그 배의 뱃전을 두 손으로 붙들어 잡을 수는 있었다.
그러면서 옆을 보니
조지훈이도, 이한직이도 이어서 그 뱃전에 매달리고 있었다.
뒤로 언덕 쪽을 잠시 돌아다보니
딴 사람들도 여럿이 우리의 뒤를 이어
메뚜기 뛰듯 뛰어나리고들 있었다.
이판사판이면 용기도 어쩔 수 없이 생겨나는 법이다.

6·25 남북전쟁 속의 한여름

한강 건너 영등포 쪽 모래밭에 가 배를 내렸을 때는
우리는 우선 곧장 달려서 도망이라도 가 볼 수 있는 자유에
무턱대고 소리를 합쳐 만세를 외쳤네.
다리야 날 살려라 진땀을 빼며 달려가서
안양 가까운 행길에 들어서서
수건으로 테머리를 질끈 동이고 도망쳐 나오는
우익의 깡패 두목—김좌진 장군의 아들 김두한 씨도 보이고,
미국에서 갓 나왔다는 여류 소설가 김말봉 씨도 보이더군.

수원에 들어선 건 황혼이었는데,
여기 특기해 둘 건 이때부터 내 마음이
내 눈에 안 보이는 어떤 기구機構의 노력에 붙잡혀
강제로 공중에 공개당하게 된 사실일세.
그로부터 이 글을 쓰고 있는 지금까지도
텔리퍼시랄까 이심전심의 그런 기구 속에
37년 나마나 늘 걸리어 살아오고 있는데
그 시작은 1950년 6월 28일 저녁때
수원에 피난의 무거운 다리를 들여놓고 있던 바로 그때부터였었네.

나는 이때의 우리 대통령 이승만 박사의 전기를 쓴 사람이고
그 자료를 꽤 오랫동안 이 박사에게서 직접 구수口授 받아
필기도 한 사람이라
북괴가 그 정보를 얻어
나를 이 박사의 마음을 낚기 위한 낚싯밥으로 이용하려 한 것이라고
지금은 짐작하고 있지만,
처음 이 일을 당하던 한동안은
그 전기가 이 박사의 마음에 안 들어 몰수당했던 만큼
나의 행방을 우리 정부가 감시하려는 것이나 아닌가 싶어
서글프고 괴롭고 캥기기까지도 했었네.
물론 지금이야 '텔리퍼시' 이것도 적당히 애용하고
웃고도 지내지만……

수원 민가에서 하룻밤 새우잠을 자고
이튿날은 기차 화물칸에 실려 대전으로 뺑소니를 쳤지만
어디로 아조 도망가 숨을 구멍이나 있는가?
할 수 없이,
이때 이미 대전으로 옮겨 와 있던 우리 정부 국방부를

충남 도청으로 찾아가서
그 정훈국장인 이선근 대령을 만나 종군하겠다고 했더니
"숙식은 염려마라" 하더군.
하여 급조로 만들어 낸 것이
이때의 우리 단체 '전국문화단체총연합회' 이름을 약칭해 붙인
'문총 구국대'로서,
그 명목상의 단장은 이 대통령의 대변인인 시인 김광섭 씨로 했지만
그 서리 실무 책임은 내게 지워졌었네.

나와 조지훈, 이한직 외에
군특무대의 문관이었던 구상,
지금 나와 함께 『문학정신』을 하고 있는 김윤성,
내 아우 서정태 등이 이때의 대전 합숙소의 멤버들로,
우리는 이때의 우리나라 유일한 두 페이지짜리 신문
대한일보의 편집 발행 일을 비롯해서,
찦차를 타고 다니면서 하는
시민 선무宣撫의 가두 스피커 방송,
곳곳에 벽보 붙이기,

전라남북도의 도청에까지 가서 여벌의 스피커를 거두어 오기,
드디어는 라디오의 방송 프로까지 거의 도맡아서 해내고 있었네.
아참, 유명한 정객이고 인촌 선생의 사돈인
서민호 씨가 무슨 인연으론지 이때 우리들 가운데 끼어
방송 등에서 수고하신 것만큼은 여기 적어 두어야겠군.

아 그런데 어느 날 오후엔
우리 구상이 진땀을 흘리며 합숙소에 돌아와 말하기를
“죽을 사람 하나 건져내고 오느라고……
저 쪽 큰길 모퉁이를 막 돌아가는데
사람들을 많이 세운 트럭 위에서 누가
‘구 선생님! 구 선생님! 나 좀 살려 주세요!’ 외쳐서
보니 그건 내가 아는 예수교꾼이었소.
총살하러 가는 판이었는데
내가 보증 서서 내려놓고 갔지” 하는 것이었네.
듣기에 이건 참 안되었더군.

청산가리와 함께

북괴군에게 금강이 함락되고 대전이 위태해지자
우리는 또 정부를 따라 대구로 후퇴했는데,
대구 합숙소 시절에는 식구도 불어나서,
공초 오상순 선배도 그 무진장한 담배의 미소와 함께 끼이고,
이숭녕 교수도 "지금 전세는 어때요?" 하고
가끔은 불쑥 나타나 비 나리기 전의 청개구리 모양을 해서
좀 덜 심심하긴 했으나
이때 이미 우리 군은 뒤로 뒤로 몰리고만 있어
서울에 가족을 남기고 온 우리들의 마음은
어디에다가도 놓아둘 길조차 없었네.
싼 술에 취하여 황혼을 고담방가하며 거리를 지내다가
헌병대에 끌려가서 따끔하게 얻어맞고야 정신을 차리기도 했었지.
"이 자식들아! 우리를 왜 때리느냐?"고 대들었다가
조지훈이가 더 많이 얻어맞았지.

구상이와 나는 김천의 일선부대에 나가
진중신문陣中新聞을 편집도 잠시 하고,
어디로 어디로 마을들을 찾아들어서

시 낭독이니 연설이니 하는 걸로
불안한 동포들을 달래 보기도 했지만
이쪽의 마음이 의지할 곳 없으니
그건 목구멍의 억지 고함일 뿐이었네.

드디어 북괴군은 대구 북방 3, 40리 언저리에까지 쳐들어 와서
그 포 소리에 우리 합숙소의 벽이 쿵쿵 울리고
마산서 채병덕 총사령관이 전사하며 함락되었다는
기별이 들어오는 어느 날
우리 일행은 유재흥 사단장 휘하의 최전선을 위문하러 갔었는데
그때 이어서 후송되어 나오던 전사상자들의 피 냄새에 취하여
우리는 처소로 돌아오자 대두 한 말들이 정종을 몽땅 다 마시고
"가자! 우리도 총 달래서 메고 일선으로 나가자!"
고래고래 소리를 합쳐 부르짖고 있었네.
뒤에 국립묘지장이 된 이종태 소령이
음악가기 때문에 우리를 동정해 가져온 술이었는데,
총도 쏠 줄도 모르면서
이때 이 무모한 출전론을 맹렬히 선창한 사람은

딴 사람이 아니라 바로 서정주였다고
뒤에 웃음거리가 되었지.

하여 이 대취大醉에서 깨자,
언제 어떻게 부산까지 밀려갈지 모르는 현실의 절박감을 어쩌지 못해
나와 조지훈이는 국방부 정훈국을 찾아가
비상시에 우리가 쓸 독약을 요청했더니
"고통이 덜한 것은 벌써 다 팔려 구할 길이 없어
겨우 청산가리를 우리 장교들도 구해 갖고 있으니
그거라도 좋다면 적당히 노나 드리지요" 하는
보도대장 김기완 대위의 약속이었네.
마지막에 우리가 부산까지 밀려가서
북괴의 손아귀로밖에는 어디로도 갈 길이 없게 되었을 때
이것 청산가리와 함께 소주나 몇 병 사들고
바다가 보이는 어느 언덕에 올라가
애국가와 아리랑이나 한 절씩 합창하며
같이 마시고는 같이 빼드러져 버릴 작정이었지.

그러나 나는 이 무렵부터 말을 못하는
실어증에 깊이 빠져
병원으로 옮겨져 늘 헛것을 보는 환각 상태에 잠겨 있다가
공초空超 노인과 함께 먼저 부산으로 후송되어 갔는데
이때가 아마 8월 중순쯤 되었던 것 같군.

부산에서는 청마靑馬가 나를 맡아 주어서
한 달 동안이나 이 댁 식구들 속에 끼어
맛있는 것도 얻어먹으며 날마다 질펀히 나자빠져 있을 수가 있었네.
청마는 나를 믿고 아껴 주어서
그의 큰딸과 외손녀의 방 한구석의 침대에
나를 누워 있게 해주었는데
그 은혜를 언제 다 갚을 것인지
아무래도 또 내생으로나 미룰밖에는 없군.

이러는 중에 8월 어느 날부턴가
미군이 주도하는 UN군은 부산에 상륙하기 시작하여
북괴군을 섬멸하며 북상해 나아가서

나도 10월 초에는 귀경하여

뜻 아니한 덤처럼 가족과도 만나게는 되었지.

이 은혜는 어찌 또 꿈엔들 잊겠나.

1950년 겨울 북괴와 중공 연합군 대거 침략의 때까지

1950년 10월 2일이던가
우리 정훈장교의 귀경하는 찦차에 편승하여 서울까지 올 때의
부산 서울 사이에 그득하던 그 송장 썩는 냄새를 잊을 순 없다.
그러나 나는 이미 말하는 것마저 깡그리 잊어버린 등신으로
한마디의 위로말도 없이 가족들 옆에 와 나자빠지니
아내는 울다가 어이없는지 천정만 멍하니 바라보고 있었다.

나는 이때 국군 장교복에
'우라이터 인 프론트(Writer in front)—일선문인'이라는 완장을 끼고,
솔선 남하했던 문인 중엔 나이가 위라 하여
6·25사변 중 부역 문인 처단 심사위원장도 되었던 것 같은데
이 자리에서도 말이 없이 웃기만 하자
더러는 나보고
돌았을 거라고 수군거리기도 했다.
그러나 "다 무죄로 합시다"는
그 한마디만은 틀림없이 발언했던 걸로 기억하며
또 이 위원회의 결정이 그대로 시행되었던 것도 기억한다.
그 대가로 아직 껍질도 안 벗긴 벼 몇 됫박씩을 노나 주어

대견히 들고 와서 아내한테 주었던 것도 잘 기억한다.

그때 군과 검찰과 경찰 합동수사본부가 준 부역자 리스트에 붙인 지시는

"부역 문인들의 죄과를 A B C D E 5등급으로 나누어 평가해 달라.

A면 사형, B면 장기형, C는 단기형, D는 설유 석방, E는 무죄로 한다'는 것이었는데

모조리 무죄로 했던 것 그것 한 가지만큼은 썩 잘했던 걸로 안다.

안 그런가?

내가 이 무렵에 써놓은 시인지 뭔지엔

'국화꽃이 피었다가 사라진 자린

국화꽃 귀신이 생겨나 살고

....

사슴이가 뛰놀다가 사라진 자린

사슴이네 귀신이 생겨나 살고'

하는 귀절이 보이지만,

나는 이때는 눈에 보이는 것보다도

눈에 안 보이는 것과의 이심전심의 대화에 잠겨

눈코 뜰 사이가 없어서

사람들이 옆에 와 말을 걸어도

대꾸도 하지 못하고 지냈기 때문에

그 때문에 나보고 얼빠진 놈이라고 했던 것 같다.

'텔리퍼시'라는 것 이것은

어느 때나 내게는 전화 마찬가지로 내 마음을 향해 걸려 와서

때로는 서로 설전도 하고

때로는 열심히 토론도 하고

때로는 내가 설득도 하고

때로는 내가 수긍키도 했던 것인데,

내가 아는 모든 사람들의 소리가

내 생각을 따라 나타나서 응수해 주어

여기 몰입하지 않을래야 않을 수도 없었다.

'괜찬타,…… 괜찬타,…… 괜찬타,…… 괜찬타,……

……

울고

웃고

수구리고

새파라니 얼어서

운명들이 모두 다 안끼어 드는 소리. ………

큰놈에겐 큰 눈물 자죽, 작은 놈에겐 작은 웃음 흔적,

큰 이얘기 작은 이얘기들이 오부록이 도란그리며 안끼어 오는 소리.
……'

이것은 내가 이 겨울에 쓴 「내리는 눈발 속에서는」이라는 시의 한 귀절이거니와,

말하자면 나는 이 겨울 텔리퍼시에 잠겨

늘펀이 나자빠져 있으면서

죽음과 삶 양쪽에 다 잘 적응하는 마음의 연습을 하고 있었던 것이다.

그래 1951년 1월 4일

북괴와 중공 연합군의 대거 침략이 알려져 와서
내 가족들이 피난 준비를 하고 있을 때에도
나는 요 위에 번듯이 드러누운 채
"모든 게 다 귀찮으니 너이들만 가라"고
요지부동하고만 있었던 것이다.
그러나 가족들은 나를 억지로 끌어내어
고향 전라도 쪽으로 차에 싣고 갔으니,
서울집에 홀로 남아 굶어 죽었다는 김동인 선배보다는
나는 그래도 식구들의 극성 덕을 더 본 셈인가?
'중공군까지 합세해 왔으니
소련도 언제 가담해 올는지 모른다.
그리되면 긴긴 3차대전인데
언제 끝나서 다시 일어나 사는가?' 하는
암담하기 그지없는 느낌뿐이었던 것이다.

전주 풍류 일 년간 1

좋은 자연과 인정이 어우러져서 만드는 풍토란 참으로 묘한 것이다.
전주에 어느 만큼의 연줄을 바라고
큰 세간들을 서울에 놓아둔 채
트럭에 실려 이리까지 온 우리—
과부된 처이모와 두 딸, 그리고 우리 내외와 내 아들 승해는
이리→전주 90리길은 조랑말 마차에 보따리들을 싣고
터덕터덕 그 뒤를 따라 걸어가기로 해서
전시의 답답한 우리에게 산보의 여유를 주었을 뿐 아니라,
그 사이에 늘 우리를 따라 우아하게 굽이치며 우리를 위로하던
주위의 고운 산둘레들의 덕도 톡톡히 볼 수 있었으니 말이다.
도중에 해가 저물어
삼례라는 곳의 마부집에서 호롱불과 함께 밝힌 하룻밤이
조랑말이 발굽을 구르며 콧소리를 하는 것이 밤내 잘 들리던
그 고전적이고 풍류적인 하룻밤을 나는 잊을 길이 없다.

거기다가 이튿날 해돋이에 우리가 도착해 본 대장촌大場村—
정말로 아름다운 처녀들의 눈썹의 연속처럼
곱게 곱게 뻗쳐 있는 산맥의 묘경을 눈여겨서

찾아와 내려 첼로 소리로 모든 것의 가슴을 울리는
수만 마리의 기러기들의 집산지인 그 대장촌에 들어섰을 때에는
우리의 이 보행을 나는 아! 소리쳐 축복하지 않을 수 없었다.
이러구러 전시戰時의 살 맛도 만드는 것인가?

전주에 들어가자 나는 시우 이철균과 하희주를 만나
그들의 교직이 있는 전주고등학교에 국어 교사 자리를 구했더니
대장촌의 그 기러기들의 첼로 소리 영향인지
교장 유청 씨의 호의로 재깍 그 한 자리가 차례가 와서
삼례 마구간의 조랑말이나
대장촌의 기러기만큼은
팔자가 그만 괜찮게는 되었지.

그러나 이 팔자의 풍류라는 것도
늘 첼로의 태평한 소리 같기만 한 것도 아니니
내가 전주고등학교에 선생 자리를 얻어 놓은 다음에
정읍의 처가에 좀 쉬러 갔다가 당한 일 그것은 또 꽤나 위험한 일이
었네.

2월 어느 날의 으시시 치운 해 질 녘
나는 한복 바지저고리 차림으로 처갓집 방 아랫목에 누워 있는데
때마침 이곳 여고에 선생으로 있던 내 청소년 때 친구 한태석이가
"잘된 밀주를 금방 개봉했으니 어서 와서 자시게" 하는
쪽지를 인편에 보내어
나는 입고 있던 한복에 오바코트만 걸치고 가서
밤이 꽤나 깊을 무렵까지 그걸 고래 물 마시듯 마시고 있었는데
여기서 돌아가는 어두운 길에서 나는 헌병의 불심검문에 걸렸으니,
이때 여기는 내장산의 좌익 빨치산들이 밤에 출몰하는 일이 있어
비상 계엄령 치하였는 걸
나는 취중에 그것마자 깡그리 잊고 흐느적흐느적 돌아가는 길이었다.

거기다가 나는 주민등록증까지도 벗어 둔 양복 저고리에 넣은 채 잊어버리고 나온 터라
이것의 제시에 내가 속수무책이 되자
헌병들은 "이 새끼 빨치산 앞잡이구나!" 하며
나를 땅바닥에 쓰러뜨리고는
총대로 마구잡이로 후려갈기며 또 군화로 차고 밟았다.

나는 그저 얼얼하고 먹먹해 있었는데
그들은 다시 나를 일어세워
두 헌병이 나를 양쪽에서 부축해 서자
그 상사인 듯한 사람이 저만치에서
"너희들 그 자를 냇가로 끌고 가 즉결로 그만 처치해 버려라" 하는 것이었다.

그래 나는 두 헌병에게 두 팔을 붙잡힌 채
너무나도 허망하게 총 맞아 죽으러 가고 있었는데,
이런 때에도 오실 수 있는 건 역시 천우신조라
그 두 헌병 중에 하나가 인정이 두터운 사내여서
"그래 영감아 잘 생각해 봐.
이 정읍 천지에 영감을 보증할 만한 유력자가 하나도 없어?"
물어 주어, 가만히 생각해 보니
아닌 게 아니라 이곳 경찰서장도 나와는 중학 동창이기도 해

그걸 더듬더듬 말했더니, 재깍
이 말의 사실 여부를 밝히는 확인 과정을 거쳐

비로소 또 한번 나는 살아남을 수가 있었네.

운수는 좋았지만, 이날 밤 얻어맞은 덕으로 나는 뒤에

만성 늑막염 환자가 되어 여러 해를 앓았지.

전주 풍류 일 년간 2

전주고등학교에서의 수업은
오전만 하기로 하고,
대우는 교감과 동격,
나는 여기 있는 동안에 이 학교 교가도 새로 지었고,
1950년 6·25에 전몰한 이 학교 출신의 학도병들을 위해
교정에 세운 충혼탑에는
해공 신익희 씨 글씨로 탑명塔銘의 글도 지었다.
나는 또 당시의 전국문화단체총연합회의 전북 지부장이기도 했던 관계로
전주 시민을 위한 여러 연설장에도 나갔고,
이곳 전시 연합대학에서도 가람 이병기 선배와 함께
강좌도 가졌었다.
그러나 이런 일들보다도 내게 더 안 잊히는 일은
체포되면 죽게 된 시인 신석정 씨를 살려내는 데 일조가 되었던 일이다.

1951년의 3월인가 4월의 어느 날이던 것 같은데,
이때 전북일보의 주필이었던 내 대학생 때의 동기생 오명순 군이

북노송동의 내 숙소로 숨이 턱에 차 찾아와서 하는 말이
"부안 신석정의 마음이 좌익이 아닌 건 자네도 알지?
그런데 그 사람이 지난 여름의 북괴 남침 때
부안에 별 인물이 없는 관계로 강제로 뽑히어
그곳 군 인민위원장이 되었다나.
그래 우리 국군이 수복해 오자
어쩔 수 없이 변산 속으로 빨치산들을 따라 들어갔었는데
가족들 생각에 얼마 전에 그곳을 빠져나와
부안에서 숨어 다니다가 안 되게 생기니
지금은 여기 전주에 숨어들어 나한테 도움을 청하고 있네.
자네가 들면 살려낼 길이 있는데
어떻게 하려나?" 하는 것이었네.
"어떻게?" 하고 내가 물으니
"이곳 대한청년단 전북지원장 겸 태백일보 사장 손권배 씨는 자네도 잘 알지?" 해서
내가 "이름만은 알지" 하니
"아직 면식이 없더래도
그 사람이 익히 자네를 알고 존경하고 있으니

그 사람을 지금 당장 나하고 같이 찾아가서
내가 이제부터 말하는 대로만 하면 돼.
손권배 씨더러 먼저 신석정의 본심이 좌익이 아닌 걸 책임진다고 하고,
그다음엔 그 사람의 태백일보에
신석정 작의 대한민국 예찬시를 한 1주일 연재시키라고 하고
고 다음에는 그 태백일보의 편집고문의 하나로 사령辭令 광고만 내달라고 하게.
손권배 씨는 지난해 여름의 북괴군 전주 점령 때
그의 단원들로 우익 빨치산을 꾸며 산속에 숨어 살면서
이곳 북괴군 진지를 박살내기도 한 용사로
이승만 대통령의 신임도도 이만저만이 아니라
이 전주에서는 그를 거역할 사람은 하나도 없으니
미당 알겠나? 내가 말한 대로만 해. 어서 가세!"
그는 이렇게 주장하며 내 팔을 잡아 일어세우는 것이었네.

그래 우리 둘이는 어린애들처럼 모처럼의 신바람을 내서
오명순의 안案대로 해 본 것이 들어맞아
우리 시인 신석정은 이때 말로 즉결이라는 것의

그 고배를 면할 수가 있었던 걸세.
어허허허!

그러나 나 미당 이 사람으로 말하면
2월에 헌병들에게 얻어맞은 상처가 속으로 곪느라 그랬던지
늘 속이 아프고,
길가에 새로 돋은 풀잎들이나
그 곁에 있는 어린것들의 웃음에는 서글픈 대로 공명은 하면서도
더 사는 것이 영 귀찮기만 해
아조 조용한 적멸 속으로 들어가 버리려고
5월 어느 날인가의 저녁때엔
이때 마침 내게 있던 학질을 핑계로
그 치료제인 극약 '데라보르'든가 하는 것 100알들이 한 병을 구해
그걸 몽땅 한꺼번에 다 먹어 버렸네.

이것 열 개 이상은 치사량이라 했으니
다섯 사람쯤이 적침寂沈에 잠길 만한 부유한 복용이셨지.
거기다가 이건 자살이 아니라,

'빨리 나으려고 많이 먹은' 실수로 하기 위한
거짓말을 내게 끝까지 시켜야 했으니
정말 못나고도 또 못난 일이었지.

허지만 이걸로도 나는 죽을 팔자는 아니라
내가 음독하자 이내 시우 이철균이 쫌맞게 찾아와
이 근방에 살던 그의 친구 의사를 곧 데려와서
물과 토제를 몽땅 먹여 나를 우아래로 토해 내게 해
진달래 꽃빛의 많은 것을 나는 토하고
죽음을 그 한 걸음 앞에서 또 한번 면하게 되었네.

그러고는 꽤 오랫동안 나는 기억상실의 몽롱한 안개 같은 의식 속에 잠겨 지냈네.

광주에서 1

1952년 봄학기부터는
광주 조선대학 국문과의 한 부교수가 되어
남광주 구석의 셋방에 살며
날마다 무등산을 바라보면서 출퇴근을 하게 되었는데,
월급은 돈이 아니고, 아조 보리쌀로 서른 말이라
옛날부터 내려오는 말 — '보리쌀 훈장' 꼭 그대로가 되어서
이 실감도 괜찮기는 했지만
아들 승해의 학용품이라든지 무슨 돈 쓸 일이 있으면
그 보리쌀을 위선 적당히 장에 내다 팔아야 했기 때문에
아내가 좀 고단했을 것이야.

허나 나는 광주로 오게 된 것을 천지에 감사하게 됐으니
그것은 날마다 보는 무등산의 모양도 모양이려니와
이 산의 이른 아침의 해돋이의 빛과
이 광주의 하늘과 구름의 빛깔들이
난생처음 보는 찬란하고도 아름다운 것들이었기 때문일세.

아무것도 아직 세상의 때가 묻지 않은 애기 천사들이

수만 명씩 얼리어 날뛰며 도약하고 있는 것 같은
그런 눈부시게 발랄한 생명력으로
나를 맞이하던 무등산의 해돋이,
세상의 풍파 속에 늘 부지런히 일하던 내외가
그 모처럼의 휴식 기간을
하나는 엇비슷이 누워서 있고
또 하나는 그 옆에 고요히 지켜 앉아서
누워 있는 제 짝의 이마라도 짚어 주고 있는 듯한
그런 모양으로만 비쳐 오던 무등산 상봉 두 봉우리의 인상,

거기다가 남광주의 냇가에서 우러러보던
하늘 속의 구름의 빛깔들은 참으로 다채하여
어느 것은 붉은 목백일홍 꽃빛,
어느 것은 녹둣빛,
어느 것은 오동꽃빛,
어느 것은 고래 등때기빛,
또 어느 것은 서러웁디서러운 고모님의 치마빛,
그 또 어느 것은 비유하기도 어려운 것이어서

'그래 이곳 이름이 광주였구나' 하는
간절한 실감을 내게 자아내게 하고만 있었지.
또 가을의 어떤 특별히 맑은 날이면
무등산 위에는 고대 신선들의 것이었던 그 이내[嵐]도 일어났으니
이것은 하늘빛이나 풀빛과도 다른 별나게는 반가운 푸른빛으로
노자老子가 '천지의 뿌리'라 한 게
바로 이런 것 아닌가 싶기도 했네.

그러나 팔자에도 명암은 늘 서로 다붙어 다니는 것이라
그 하늘의 이내를 보고 지내던 1952년 가을 어느 날부터
나는 가슴속이 많이 곪은 늑막염 환자로
또다시 방바닥에 늘편히 나자빠져야만 하게 되었으니
물론 이것은 지난 해 2월 어느 날 밤
계엄 치하의 시골 밤거리를 신분증도 없이 지내다가
모지락스레 얻어맞은 덕택이었던 것일세.

이때에 나를 도와 나를 살려낸 은인 둘이 있으니
그 하나는 나를 처음 좋은 의사에게 보인

다형 김현승 형이고,

또 하나는 늘 이어서 내게 마이신 주사를 놓아 주었던 이수복 군이었네.

두 시인이 다 이미 고인이라

이 은혜 갚기도 또 내생으로 미룰밖에 없이 되었지만

이때 두 사람이 아니었더면 나는 살아남을 수 없었을 것이네.

이때에 나를 극진히 위문해 주었던

천경자 · 배숙당 두 여류화가,

또 크고 좋은 생선을 사 보내 주셨던

조선대학 설립자 박철웅 총장에게도

여기 마음으로부터 내 감사의 말씀을 전해 두네.

광주에서 2

1952년 봄학기부터 1953년 가을학기 초까지
한 달에 보리쌀 서른 말씩의
광주 조선대학 부교수로 있는 동안
나는 우리 현대시 외에 '신라 연구'라는 걸 강의하고 지내면서
「무등을 보며」「학」「상리과원」 세 편의 시를 썼으며,
'개불알꽃'이라든지 그런 들꽃들과도 꽤나 친하게 지냈고,
무한한 공간 속의 이심전심의 텔리퍼시에 걸려서는
"마음속을 좀 더 깨끗이 해야 한다!"고
아내와 자식에게 호통도 많이 쳤네.

그러다가 1953년 여름방학 때는
해남 대흥사라는 절간으로 혼자 들어가서
면도로 손수 머리를 박박 깎고
홀몸의 외로운 단식 투쟁에 잠겼지.
이것은 요즘 유행의 그 '단식 농성'과 같이
누구더러 무얼 어찌해 달라는 것이 아니라
부실하기 쉬운 내 마음의 강훈련 그것만이 목적이었지.

단식을 정식으로 하자면
미음이라도 마시면서 하는 예비단식 기간도 가져야 하는 것이고,
본단식의 결과를 잘 풀어내는 수습단식 기간도 가져야 하는 것이지만,
나는 그런 것 일체 아랑곳없이
냉수만을 마시고, 담배만을 피우며 늘펀히 나자빠져 지내는
반칙의 깡마른 본단식으로 직통 들어가서
이렌가 여드렌가를 견디었는데
내 체질 탓인지 별 고통은 없었네.
이 단식 중인 어느 날 밤엔
마침 이 절에 묵고 있던 이화여대생이 하나 찾아들어서
도스토예프스키니 영과 육의 문제니
그런 이얘기로 밤 깊도록 떠들어 대기도 했는데도 말이지.

아! 그런데, 그렇신데,
이 단식을 그만두고 밖에 나왔을 때의
이 세상 모든 것의 그 황홀 찬란한 느낌이란!
대흥사 입구의 큰 목백일홍 꽃나무 앞에 다다랐을 때엔
그 만개한 분홍빛 꽃나무의 새 개벽만 같은

황홀한 매력에 취해
나는 그 앞 풀밭에 그만 퍽석 주저앉고 말았네.
이 환장할 만한 매력의 흡인력!
내장 속의 지저분한 걸 비울 만큼 비운 사람에겐
자연은 언제나 굉장한 매력의 흡인력이라는 걸
여기서 나는 난생처음으로 깨닫게 됐네.

해남의 시인 이동주가 이 근처서 나를 기다리고 있다가
동구 밖 음식점으로 안내했는데,
이때의 밥상 위의 그 김치 맛이라니!
내 뼈의 마디마디에까지
오장육부의 구석구석까지
매우 감동할 만한 음악의 멜러디나
정말 신바람나는 춤의 가락처럼
미묘하게는 스며들던 이 김치의 맛을
나는 지금도 잊을 순 없네.

'주춧돌이 하나 녹아서

환장한 구름이 되어서
동구 밖으로 걸어 나가고 있었지.
칠월이어서 보름 나마 굶어서
백일홍이 피어서
밥상 받은 아이같이 너무 좋아서
비석 옆에 잠시 서서 웃고 있었지.
다듬잇돌도
또 하나 녹아서
동구로 떠나오는 구름이 되어서……'

위에 인용한 것은
이 단식으로부터 훨씬 뒤에 내가 습작해 본
「백일홍 필 무렵」이라는 졸시이거니와
이것은 그때의 내 감동의 편린의 소묘에도
못 미치는 것일세.

내 이 말이 믿어지지 않거든
누구든지 직접 한번 해 보시기 바래네.

전후 서울의 폐허에서

1953년 9월 휴전 협정이 되어
오래 비워 두었던 서울 공덕동 집으로 되돌아와 보니
안방 벽도 한쪽은 허물어졌고
남겨둔 물건들도
쓸 만한 건 다 없어졌더군.

반나마 바스러진 명동에 나갔더니
그래도 명천옥이라는 왕대폿집 하나는
운수좋게 남았는데,
거기에 황순원, 김동리, 정한모 등이 모여앉아
요기 겸 취할 겸으로 막걸리 대포를 마시면서
"이건 주식회사로서 마시는 거니
생각이 있건 호주머니를 털어 보라"
는 것이었네.
이때만 해도 매사에 셈이 빠른 김동리가 회계장이 되어서
좌중이 털어내 놓은 눈물 나는 돈들을 맡아 가지고는
"그래? 그렇다면 한잔 더 하시지."
어쩌고 노닥거리고 있더군.

또 이렇게 처참한 폐허 신세가 되니
그리운 것은 그래도 옛날 일인지라
'아 신라의 달밤이여' 어쩌고 하는
유행가에 잠기는 자도 길가에는 보였는데,
그래, 저래, 남산 남쪽 기슭에는
'서라벌 예술대학'이라는 순 판잣집의
옛날 그리운 대학도 하나 새로 생겨나서
나도 그 시문학 교수로만큼은 추대도 되었었지.

남산의 가파른 언덕배기를 숨이 턱에 차 올라가서
또 굽이굽이 오솔길을 돌아
진짜 송진 냄새 물씬한 새 판잣집 우리 서라벌에 들어서면
그 무엇보다 먼저 여기 교무과장님은
그의 옆에 두두룩히 앉혀 둔 막걸리 '바께쓰'를 손으로 가리켜 보이며
"고단하실 텐데 강의 전에 먼저 한잔 쭈욱 들이켜시요."
친절하신 웃음으로 권장해 주셨는데,
그 소리 듣기 얼마나 좋았는지

하인리히 하이네의 표현마따나
이때 이 나라의 이런 교수 아니구선 잘은 몰랐을 거야.

하인리히 하이네는 즈이 나라 색시의 말이 너무나도 반가와서
'시악씨 입 맞추며 우리 독일말로
"이히 리베 디히(나는 너를 사랑해)!"
그 소리 듣기 얼마나 좋은지
남이 알라드냐!'고 써놓았지만
이때의 우리 교무과장님 말씀의
"먼저 한잔 쭈욱 들이켜시요!"도
그 하이네의 표현에 버금은 충분히 갈 만한 것이었네.
1951년 5월의 1·4후퇴 때 비로소 월남해 넘어온
작곡가 김동진 씨도 매우 좋아라고
이 바께쓰의 막걸리를 나와 함께 마시고 서 있었는데
그도 그 반가움은 아마 마찬가지였을 거야.

그나 그뿐인가.
이 폐허 위에서는 그래도 서로 도와

무얼 바로 일으켜 보려는 열기들은 대단해서
1954년 진달래의 봄이 되자
이 나라의 예술가들은 서울에서 제주 끝까지
대한민국 예술원 회원의 선거에 나서
4월에는 이 예술원 창원創院의 문을 열었는데
제일 다수 득표자는 근년에 그 원장이 된
연극의 이해랑이었고,
차점은 나 미당이었었네.

하여 이해 가을 학기부터
나는 내 모교 동국대학 국문과의 강사도 되었고,
이 무렵 정음사가 낸 『서정주시선』으로
미국의 아세아재단이라는 데서 주는
'자유문학상'이란 상도 난생처음으로 받게 됐는데,
이 상금으론 금가락지를 세 벌을 만들게 해서
그 한 벌은 노모에게
또 한 벌은 장모에게
나머지 한 벌은 아내에게 주었네.

내가 일생 동안 해온 일들 중에서도
꽤나 괜찮은 일을 한 번 남의 덕으로 해 본 셈이지.

아 그러고 참
이 상을 탈 때, 우리 동국대학생들이 가져왔던
그 청대나무 화분 하나도 잊히지 않는군.

차남 윤 출생의 힘을 입어

1956년 4월이던가, 별일도 없는 어느 날 밤에
"나 아이를 가졌어요. 어떻게 하지요?"
아내가 내게 물어서
"어떻게 하긴 뭘 어떻게 해? 낳아서 잘 길러 봐야지."
대답할 수 있었던 게
하늘이 우리 부부에게 복을 주실 장본이 되었던 걸
이때엔 우리는 물론 미처 모르고 있었다.
하늘이 합의하여 마련해 준 사람의 씨를
어떤 가난 어떤 곤경 속에서라도
반대 않고 받아서 잘 길러내는 것이 온갖 복의 근원이 되는 것을
내 나이 42세의 이때만 해도 나는 까마득히 잘은 모르고 있었다.

그러나 1957년 2월 4일
그 아이 윤潤이 태어나고부터
우리 집 살림은 서서히 자리가 잡히어
부부 사이의 이해도 더 늘어나고,
내 직장의 인내력도 배가하게 되고,
저축도 한 푼 두 푼 더 모으게 되고 하여

말하자면 그 '착실한 살림꾼'의 길로 접어들긴 했으니
이게 이 현실을 사는 사람의 복의 입구 아니고 무엇이겠는가?

둘째이자 막내아들인 이 아이가 자라며
우리말을 익히고 있는 걸 보고 있다가
나는 이 아이가 크며 읽을 독서 범위도 생각하게 되고,
우리말로 번역된 문명국들의 책이
아직도 너무 적은 것도 생각하게 되고,
그러자니 자연히 영어라도 하나
일찍부터 더 가르쳐야겠다는 작정도 갖게 되고,
그래 이 애 나이 너댓 살 때부터는
그 영어 교육까지에 골몰하다 보니
어언간에 그걸 돕는 나 자신의 영어 공부부터 늘게도 되고,
하여 나도 눈에 새로운 불을 켜고
그 덕으로 서양 현대시들의 좋은 걸 재음미도 하게 되었으니,
이 어찌 이것을 '복이 아니라'고 하겠는가?

내 아내 본향本鄕도, 내 큰자식 승해도

나의 이 신 기풍에는 신바람을 내 동조해 주어서
나도 이때부터 십여 년간을
영·불어 독서력의 재수再修를 비롯해
독·노어와 라틴어·희랍어의 초보에까지
대학 강의하고 남는 시간 거의 전부를
잠기어 지내게도 만들어 주었다.

그나 그뿐인가?
이러한 몰입은
내 음주 유랑의 행려병사의 위험을 막아 주었음은 물론,
유혹이 전혀 없었던 것도 아닌
삼재팔난三災八難의 원동력— 그 여난女難이란 것에서까지도
적당히는 막아 주었으니,
'사내가 부득이하면
오입도 아조 피하긴 어렵겠지만
이것도 집안이 망가지지 않을 정도로
극히 조심해서 치루어 내야 한다'는
절충식인 한 개의 방안 쪽이 된 것도

이 십여 년 동안의 일이다.
거짓 없이 말했으니
아직 이때의 나만큼도 되지 못해 고민하고 있는 남자 동포가 있다면
잘 참고해 주시기 바란다.

하늘이 특별히 마음을 쓰시어
큰자식 낳은 지 17년 나마 만에 내게 마련해 주신
내 막내자식 윤의 출생과 성장을 잘 맡기로 한 덕은
아직도 그 큰 것이 또 두 개나 남아 있으니
이 아이를 기르며 집안을 이루어나가기에 골몰한 나머지
자유당 말기의 혼란이나
4·19와 짧은 민주당 시절의 법석,
또 5·16 군사혁명 기타의
어느 과도기적 난세의 싼거리 희생에서도 멀리
내 자신의 공부와 시인 작업과
가족의 발전을 꾀할 수 있었던 게 그 첫째이고,

그 둘째는, 그렇지

아들들의 오랜 공부의 학자學資를 대는 책임자로서
'어떻게라도 해서 더 오래 살아 있어야겠다'는
그 의지 하나로 자기 건강도 적당히 지켜 내다가 보니
또 자연히 내 수명이라는 것 그것마저도
어쩔 수 없이 연장하게 된 점이다.
하늘에 공손히 감사하고 또 감사할 뿐이다.

4·19 바람

1960년 4월 19일
대학생들이 대통령 관저인 경무대를 습격해 들어가다가
경무대의 발포로
우리 동국대학생 노희두 군도 총 맞아 죽은 날
아침에 그 동국대학생인 내 장남 승해가 등교 인사를 하러 왔기에
나는 이 무렵의 학생들의 동황이 안심치 않아
"데모대에 끼는 일이 있더라도 위험은 피해야 한다"고
신신당부를 해 주었었는데
그건 지금 생각해 보아도 잘했던 일이었다.
중앙청 앞에서 효자동 쪽으로 꼬부라져 들어가는 언저리에서
내 자식은 애비의 아침 당부가 생각이 나
몇몇 학생들과 함께 통의동 골목으로 새어서 살아왔다 했는데,
이것 이렇게라도 안 해 주었다면
그것 어쩔 뻔했나?

이날 밤 초저녁에야
나와 한 번지에 사는 시청 직원 임 군이 돌아와 말하는 걸 들으니
시청에서도 한동안 무차별 발포를 해

시청 앞 광장이 피로 흥근한 호수를 이루었다더군.

그로부터 이틀 뒤엔가는
경복고등학교 2년생인 문학소년 정 군이
흥분에 지친 얼굴로 나를 찾아왔는데,
그가 더듬더듬 되뇌이는 말을 들어 보면
"시청 앞에서 야단이 났다기에
하학 후에 안종길이하고 저하고 같이
책가방을 든 채 구경을 갔었는데
마구잡이로 막 총알이 날아오잖아요?!
정신 차려 우리 둘이는 뛰어 달아났는데,
종길이는 운이 나빠 그 총알을 맞아 죽고
저만 혼자 살아남았지 않아요?!"였네.

이때 이렇게 죽어 지금 4·19 의사로서 모셔져 있는 안 군은
4·19 한 해 전인 1959년 가을
내가 경복고등학교 교내 글짓기 백일장의 심사위원으로 나갔을 때
시로 입선시켰던 시소년이었는지라,

나는 그 뒤 그를 두고 추모시도 썼고,
또 그 위령제에도 몇 차례 끼이기도 했지만,
인제부터 앞으로 공부해 나가야 할 이 소년의 목숨이
이렇게 타력他力으로 끝나고 만 데 대한 내 분한과 슬픔은
지금도 그때나 다름이 없네.

나는 이때의 이 따분한 정치적 사태와는 상관없이
6·25사변 이후 골몰해 온
신라 주제의 시험적인 자작시들을 모아
『신라초』라는 시집도 한 권 이해에 발행했고,
또 「신라 연구」란 제목의 '교수 자격 청구 논문'도 문교부에 내어
겨우 부교수의 자격도 하나 얻어 내게는 되었는데,
가만 있거라, 이해에 내게 제일로 재미있었던 건 무어냐 하면
그런 시집 출판이나 부교수 자격증보다도
메리센트 하니카트라는
이쁜 미국인 여류시인 하나를 감쪽같이 새로 사귀게 된 일이었군.

"저는 서 선생님 시를 좋아하는 한미성이란 사람으로

지금 반도 호텔 1층 다방에 와 있습니다.
분홍빛 치마저고리를 입은 미국인이니
알아보시기 쉬울 겁니다.
나와 주시겠습니까?"
하는 전화를 보내와서, 나가 보았더니,
미국영화 여배우 크르데트 콜베르 비슷한 얼굴의
새로 나와서 노래하겠다는 5월 꾀꼬리 같은
삼십쯤의 좋은 푸른 눈의 미인이었네, 그 한미성 양은……
"옛날 왕궁에나 한번 가 보실까요?" 하니, 선선히 따라 주어서
우리는 때마침 늦가을의 창덕궁 비원의 숲속에 섰는데,
'신화가 따로 없다, 이게 바로 신화다'는 생각만 들었네.
4·19보다도 정권 교체보다도
그야 물론 내게는 더 매력이 있었지.

뒤에 들어 알았지만
우리 한국인들의 편이 되어 그 성명도
'한미성韓美聲'이라고 고친 이 여인은
미국 노스캐롤라이나 대학생 때 시를 잘 써서

그 상으로 시인 로버트 프로스트와도 친교를 가졌던,

그래 한동안은 그곳 시지詩誌 『포에트리』의 동인이기도 했던 사람으로,

한국에서의 이때 현직은

전주 기전여고의 교장 겸 선교사였네.

하늘은 나 같은 사람에게도 또 한번 마음을 쓰시어

이 좋은 친구 하나를 밀파하신 거였지.

5·16 군사혁명과 나

4·19 학생들의 피의 덕택으로 생긴
민주당 1년쯤의 각종 혼란 자유 시절이 끝나고
1961년 5월 16일에는
박정희 소장의 군사혁명이 성공했는데,
그로부터 사흘 뒤인 5월 19일 아침
나는 집에서 동국대학교에 강의를 나가려고
책가방을 챙기고 있다가
문득 들이닥친 사복 형사들에게 끌리어
중부 경찰서행을 하시게 되었네.
왜 이러느냐니까
"잠시 증언을 받을 일이 있어서요"였는데,
이때 중부서의 임시 서장이라는 대위 견장의 청년 앞에 가 섰더니
"당신까지가 설마 그럴 줄은 몰랐소!"
대단히 노한 소리 한마디를 퍼붓곤
"데려다가 집어넣어 버려!"여서
뭐라고 따져 볼 겨를도 없이
눈 깜짝 사이에 덜커덕 구치소 신세가 되고 말았네.

이 바닥은 어딜 가건 역시나 좁은 곳이라
내가 들어간 그런 방에도 또한 구면은 끼어 있었으니,
일본 게이오 대학에서 영문학을 하고
헤밍웨이를 번역하면서 내게 시 추천을 바래 드나들던
미남 허 군이 나를 보고 반색하여
옆에 와서 내 손목을 붙들어 잡는 것까지는 좋았으나
그가 밤이 이슥했을 때
"여기 갇힌 몇 사람은 사형될 것이라고 허데예" 하고
그의 경상도 사투리로 나직히 소근거려 주는 데는
딱 질색이었네.
그 몇 사람은 누구누구냐니까
깡패 두목 이정재, 혁신파 신문 민족일보 사장 조용수,
또 그 주간 송지영이가 다 이 속에 들어와 있는데
그들은 아마도 위험할 거라는 이얘기였네.
나야 아직 아무런 영문도 모르고 끌려와 있는 신세이긴 해도
'이건 정말 지독한 함정에 빠졌구나' 하는 느낌 때문에
뼛속까지가 그저 아찔키만 할 따름이었지.

처음 며칠 동안은 아무 조사도 없이
이 구치소 방에 굳어진 채 우두머니 갇히어만 있었는데,
"저것들 언제 빵 해버릴 줄도 모르고
쌔근쌔근 자고 있는 걸 보면 가엾기도 해……"
간수 경관들이 새벽녘에 쑥덕거리는 때면
내 마음은 어디에다가도 붙일 곳이 없기만 했네.
"장면이파 군인들이 어디선가는
박정희파하고 전투하고 있다고도 하는데,
이게 심해지면
우리들은 끌어내다가 모조리 뚜루루 해버릴 거라고도 해……"
이렇게 소근거리는 동숙자의 소리도 들려서
내 마음은 그저 불교의 생사일여의 그 선禪 하나나 의지할밖엔
별 딴 수가 없었네.

아, 그러신데 말씀야,
어느 날 오후 그 서장 대위에게 불려나가서 들어 보니
내가 끌려온 이유는
내가 민주당 정부 때의 혁신파 교수단의 위원이었던 때문이라는 거야.

내가 그 위원을 승낙한 사실이 없기에 그걸 말해도
그럼 그 단장 조윤제와 그 사무국장이 검거되어
그 사실이 밝혀질 때까지
기다리면서 수도나 해보라는 것이었네.

하여 그 혁신파 교수단 사무국장이란 사람이 붙잡혀
내 무죄가 입증될 때까지
나는 한 보름 동안 그 불교적 수도라는 걸 더 하고 지냈는데,
그 서장 대위가 오해를 풀고
설렁탕을 한 그릇 시켜 놓고
비로소 웃으면서 실토하는 소리를 들어 보니
이 사람이 바로 한때의 내 친구 최문환 교수의 누이의 아들이더군.
"국학대학이란 데까지 강의 품팔이 같이 다닐 때에는
합승 값은 최 교수가 내 것까지 낸 적이 많았지" 하며
나도 팔자가 또 한번 좋아져 있었지.

춘천행 시절

1963년 봄부터는

나는 또 묘하게도 강원도 춘천이란 곳에 인연이 생겨

매주 수요일 아침마다 청량리에서 기차를 타고 가서

그날 낮 동안은 거기서 지내고

저녁때, 또 그 기차로 돌아왔나니,

이것도 내 인생에선 첫 경험으로

서울 원효로의 성심수녀원과 새로 사귀게 된 결과로써

이해에 춘천에서 교문을 열게 된

성심여자대학의 국어강사 취임 승낙을 한 것이 그 이유였네.

이 덕택으로 나는

제일 비싼 강사료를 내 동국대학교 교수 월급에 보탰을 뿐 아니라.

내 막내아들 윤을 무료로 서울의 성심국제학교에 넣어 공부도 시키게 되었었으니

암, 이때 교수 팔자로야 괜찮은 편이었지.

그러신데

'알 먹고, 꿩 먹고'란 그 말씀을 두고서 생각해 보자면

위에 말한 건 그건 알인 셈이고

정작 꿩은 또 따로 계셨으니,

1963년부터 1968년까지의 다섯 해 동안

서울↔춘천 왕복의 매주 다섯 시간의 그 기차 속에서

내가 차창을 통해 겪은 산천과의 교감 연습,

또 내 시의 많은 구상 연습들,

시의 말씀 짜기 연습들은

그 이후의 내 시의 생애에

인삼 녹용만 못하지 않은 약효도 가져왔었으니 말일세.

차창 밖 낭떠러지에 핀 봄 진달래 무더기를

강물과 아울러 고부라져 보고 가면서

그 꽃이 갈매기 떼처럼 우지짖고 있는 것만 같아

'진달래 갈매기 소리로, 갈매기 진달래 소리로' 같은

하찮은 대로 내게는 귀중한

시의 말씀들을 골라 맞추고 지내는 것이

내게는 또 새로 사는 재미가 되었네.

여기에다가

내 막내아이 윤이가 성심국제학교에서

외국인 아이들과 겨루어 우수하다는 성적이나 나오는 날은
그건 정말 신바람이었네.
내 72년여의 생애에서
이때가 그래도 가장 좋았던 것만 같군.

1963년 봄에는
내 큰아들 승해가 결혼을 하여
이어서 튼튼한 큰 손자 거인이를 낳고,
1965년 정월에는 그 승해가 미국으로 유학을 떠나고,
이듬해 가을엔 내 자부 강은자도 남편 따라 공부를 가고,
나도 내 공부를 과거의 어느 때보다도 많이 하고
내 시 표현도 정밀을 다하고 해서
이 60년대는 우리 가문의 잔잔한 한 홍륭기를 이루었나니,
지금 생각해 보자면
이때의 나는 무의식적으로나마
공자풍의 가장 노릇에 길이 들려고 하고 있었던 것 같다.

내가 성聖 처녀라고 별명을 붙였던

미국 선교사 겸 여류 시인인 하니카트 양을 춘천으로 초대해서
연정의 빛깔에 대해 우리 둘이 의견을 나누었을 때
역시나 흑장미 같은 핏빛보다는
무난한 연분홍 정도가 좋지 않겠느냐는 데에
우리는 웃으면서 합의했던 것 같은데,
공자의 『시경』이 신부 가슴을
핏빛 흑장미 같은 진한 빛에 비유하지 않고
좀 더 담담한 연분홍 복사꽃에 비교했던 것도
그 속은 나와 방불하셨던 것 같다.
정에 과격하여 서로 쓰러지는 일이 없게 하려는 것이
이 무렵의 나와 비슷하셨던 듯하다.

관악산 봉산산방

1970년 3월 10일
관악산이 눈앞에 바로 잘 바라보이는
사당 1동(현재의 남현동)이란 곳으로 이사하고
신축한 우리 집 이름을 봉산산방蓬蒜山房이라고 했으니
이 뜻은 우리 겨레의 맨 처음의 어머니께서
원래는 곰이었다가 쑥과 마늘만을 자시고 한동안 잘 참으셔서
좋은 처녀가 되어 우리 시조 단군을 낳으셨기 때문에
나도 이제부터는 쑥같이 쓰고 마늘같이 매운 일들을
더 잘 견뎌 내야겠다고
그 마음을 서약하여 붙인 것이다.

사실 이곳으로 이사 온 이유는
그 전에 살던 공덕동 301번지에서
같이 살던 사람들이 철물을 다루는 소공장을 거기 차려서
내 약한 신경을 쑤시는 소음을 참기 어려워 도망쳐 나온 것이었으나
와서 살아 보니 여기는 햇빛도 훨씬 더 맑고,
까치나 꿩, 꾀꼬리, 뻐꾸기도 이어서 잘 울어 주는 산골이어서
그야말로 전화위복이 되었다.

그 전화위복이란 것은 언뜻 보아 없는 것도 같지만
사실은 이와 같이 틀림없이 있는 것이다.

우리가 이사 올 때만 해도 이 사당동은
'여편네는 없어도 살지만
고무장화 없이는 살 수가 없다'는 곳으로
비만 오시면 사방은 두루 질척질척한 진흙밭이 되어서
나도 빠스 정류소까지의 20분쯤의 보행엔
고무장화 덕으로 다녔고
빠스에 탈 때는 그걸 벗어 그 근방의 단골 가게에 맡긴 뒤에
보자기에 싸 가지고 간 구두로 바꾸어 신었었나니,

빠스라도 여기 빠스는 입석도 통로도
콩나물시루같이 그뜩 만원이라
무거운 짐을 든 손님은 여기 들어서자마자 으레
"여기다 실례할꺼나? 저기다 실례할꺼나?" 하며
그 무거운 것들을 어린 학생들의 무릎에다가 척척 올려놓는 바람에
이 애들도 아침부터 지치게 되어서

흑석동의 국민학교에 다니는 내 손자아이는
하학길에 이 진흙밭을 헤치고 집으로 돌아오다간
역구풀 언덕 같은 데 우두머니 주저앉아 버리는
피곤한 자연 관조파가 되기도 한다고
이 애 할머니인 내 아내는 말하기도 하더군.

나와 내 손자가 고무장화로 드나드는 이 진흙밭의 한쪽 언덕에는
불쌍하게 살다 죽은 중국인의 묘지도 있어,
이 1970년 7월의 펜클럽 서울대회에 참석했던
중국의 원로 시인 종정문鍾鼎文이가
중국 문학자 허세욱의 안내로 우리 집에 왔다가
술에 취해 빠스를 타러 가는 길
이걸 발견하고 여기 뛰어들어 참았던 오줌을 쏟아놓으며
"아 여기 오니 비로소 오줌이 자유롭군."
하고 유쾌히 되뇌이던 것도 기억에 남는군.

나는 또 그와 그의 동포의 고혼故魂들을 위로해 줄 양으로
'나무 삼만다 모따남 모따남 모찌 사바하' 하는

이 천지의 왼갖 귀신들 위로용의 불교의 밀어密語를 한바탕 외고……
그리하여 이 관악산 밑의 내 집 봉산산방에서 내가 새로 시작한 일은
호주머니 사정이 허락하는 대로
여러 가지 꽃나무들과 여러 모양의 바윗돌들을 모아
이것들의 모양과 빛깔을 늘 대조해 보며
조끔치라도 더 나은 조화를 이루게
배치해 보고 또 고쳐 배치해 보고 하는 일이었네.

사군자를 비롯해서 소나무, 모과나무, 살구와 감과 대추나무,
산사와 후박과 해당화, 당唐해당화, 등나무, 영산홍과 영산백과 영산자,
흑모란, 백모란과 작약에 각종의 철쭉꽃들과
또 풀꽃으론 도라지와 더덕을 비롯해
붓꽃과 상사초 등
눈에 띄는 대로 사들여 와서는
강과 산에서 캐 온 바위들과 되도록 잘 어울리게
이것들의 구성에 남는 시간을 다 썼던 것인데
이런 몇 해 동안의 내 몰입은
그 뒤의 내 시상의 구성에도

은연중 작용했던 것 같네.

이때 나를 도와서
이것들을 싸게 입수하기에 힘을 다했던,
지금은 고인 된 박 서방의 영전에
이 자리를 빌어 명복을 비네.
나무대비 관세음……

환갑의 떠돌잇길에서

늙은이 노릇이 비롯되는 환갑 하나만큼은
아마도 세계에서 제일로 잘 차려 대접하는
이 나라에서 이 나이까지 살아남은 덕으로
나도 또한 이 대접 하나는 두터이 받아
화가 친구들이 선심으로 그려 준 그림들이 담긴
내 자필 시구의 시 화폭들을 표구해 나르며
서울에서 제주도까지 큰 도시들을 떠돌면서
한 반년쯤을 나는 그 시화전이라는 걸 열고도 지냈는데,
제주시에서 그걸 하고 있던 때는 그게 크리스마스 무렵이어서
눈도 잘 내려 주신 데다가,
그 눈 위에 찍히는 무슨 까치 발자국 같은 것이라 할까
그렇게 생긴 이야기도 좀 있었는지라
아무래도 그것들만은 여기 옮겨 놓고 싶다.

영어로 롭스터(lobster)라고 하고 제주말로 '닭게'라 하는
세계적인 명식품 '바닷가재'는
우리나라에선 오직 제주 한림 근해에서만
잡히는 것이라 하는데,

이걸 요리해 먹는 방법도 이 제주도가
세계에서 단연 으뜸이니,
외국 사람들은 이 좋은 걸 그냥 삶아서
먹을 줄 밖에는 모르지만
우리는 그걸 먼저 날로 살을 발라 회 쳐서 술안주 하고
그 나머지를 비로소 매운탕으로 끓여
밥반찬 겸 국으로까지 하는 높은 단수를 가졌다.

그래 이것을 눈 내리는 크리스마스 무렵에
우리네 단수로서 시식 음미하며
제주도 토박이의 아래와 같은 이야기를 들어 보는 것은
정말 눈 위의 까치 발자국을 보는 것만큼이나
참 반가운 것이다.
"제주도 해녀들은애,
바닷속에 들어가서 전복을 따 낼 때도애,
그중 크고 좋은 것은 따지를 않고
그냥 거기 그대로 남겨 놓아 둡니다.
그래야만 그의 님이 오시는 날에

그걸 따다 잡숫게 할 수가 있으니까요……"

또 제주도의 어떤 장년의 사나이는
참치잡이에서 좀 벌었다고
내 환갑의 이 크리스마스를
깊숙이 들어앉은 좋은 요정에서 한턱 차려 냈는데
그 첫인사는
"술을 마시기 전에 먼저
한라산에 내리는 눈을
가서도 한바탕 밟아 보실까요?"여서
이것도 역시 고단高段인 것만 같았네.
그는 그의 차에 나와 내 일행을 싣고 가서
한라산 중턱의 노송들이 특히 좋은 언저리에 내리고는
솔선하여 그 노송들 밑에 쌓인 눈을 밟으며
우리에게 그 짓을 하게 하는 걸로
이날 밤 음주의 서곡을 삼았으니
이거 역시 괜찮은 풍류 아닌가.
여기에 고을나, 부을나, 양을나의 삼신三神이 살고 있었을 때부터 이런 습관은 있었던 거나 아닌지……

그러나 풍류에는 또한 유치한 비조悲調도 있는 것이니
이 제주 연말의 어느 날 밤
여기 문학의 후배들과 함께
그 접대부란 이름의 젊은 색시들이 많은
술집에 가서 만난 것은 또 그런 거였네.
좌중이 술이 두루 거나해지자
까불기 좋아하는 어느 후학 친구 하나가
"너이들 중에 누구 여고 시절 국어책에서 배운
서정주 선생의 「국화 옆에서」를 외는 사람 없느냐?
그걸 잘 외는 사람에겐 특상을 내리리라" 해서
어떤 가냘픈 갓 스물쯤의 계집애가 일어서서 그걸 낭송해 냈는데,
그 청구자가 또 나를 손가락질해 가리키며
"이분이 바로 그걸 쓰신 서정주 선생님이시다" 하자
그 여자는 무엇에 가슴이 복받쳤는지
내 곁으로 와서 한복의 내 저고리 소매에 매어 달려
참으로 많은 눈물로 거길 흥건히 적시고 있었으니 말이네.

제1차 세계 일주 여행 1

나는 1940년 가을부터 반년쯤
남만주의 간도성에서 살아 본 외엔
아무 데도 외국에 나가 본 일이 없던 사람이라
1977년 내 나이 63세가 되자
너무나 늙기 전에 꼭 한번 나가 보기로 하고
여기저기 노자 대줄 곳을 물색하던 중
이때의 경향신문 사장 이환의 씨의 호의로
내 '세계 일주 방랑기'를 그의 신문에 연재하기로 하고
내게 월 60만 원씩의 원고료를 내 이 일이 되게 해 주었으니,

그 이환의로 말하면 1953년 3월
내가 광주 조선대학교 교수였을 때
광주일고를 금시 졸업한 문학소년으로
내 시를 좋아해 내 사택을 한 번 찾아온 일이 있었는지라
이만큼한 인연이 작용해 도와서
내 세계 일주를 이루게 한 것이었네.
이때 내가 교수로 있던 동국대학교의 총장은
또 마침 나를 좋아하는 이선근 선배여서

그의 도움으로 향후 1년간의 내 월급은
전액 가족에게 지불키로도 돼
가난한 나그네로나마 나는 홀가분히 단신 여정에 오를 수가 있었네.

그러나 솔직이 고백하거니와
예순세 살짜리 사나이의 완전 자유의 1년이나 되는 동안의
이런 세계 방랑길이라는 것에서는
이 자유를 잘 주체하기가 참으로 어려운 것이니,

처음 보는 불투메리아와 부겐베리아의
원색 찬란한 하와이의 꽃동산 속에서는
밤에 덤벼오는 금발 벽안의 미녀의 매력을 거부할 수도 없었고,
뉴욕의 밤의 스트립 쇼 집에서는
보오들레르의 애인 그대로인 흑백 혼혈녀가 끌어당기는 것을
끝까지 뿌리치기만 할 용기도 없었고,
1978년 2월
캐나다의 혹한에 시달리다가 화창한 봄의 멕시코로 날아갔을 땐
식욕 없는 강행군을 하기 위해선

술을 연거푸 안 마실 수도 없었고 하여
이 '주체하기 어려운 자유' 이것이 사실은 큰 문제였네.

그래 나는 드디어 1978년 2월의 꽃다운 어느 날 저녁때
'쏘치밀코'라는 탁한 호수의 뱃놀이를 하고
수도 멕시코 시로 돌아와서는
호텔방 침대 옆에 벗어놓은 구두 두 짝이 칠칠 넘치도록
다량의 객혈을 하곤 혼곤히 쓰러져 버렸나니,
이게 가슴속의 피였다면 물론 나는 즉사했겠지만
요행히도 직장 파열의 피가 넘쳐 입으로 쏟아진 것이어서
병원에 가 수혈을 하고 치료를 받아 다시 살아날 수는 있었네.

내게는 젊었을 때부터 하혈을 하는 직장염이라는 고질의 병이 있어
술을 과음하거나 지나치게 피곤하면
매양 똥구먹으로 피를 쏟고 지냈던 것인데
이때 이 요인이 많이 지나쳤던 것이었지.
이건 유전성의 병으로, 내 아버지도 이걸로 일정 때 돌아가셨지만
이것의 완치약도 아직은 없는 모양이더군.

징그러운 큰 뱀이 태양의 신이고
힘센 호랑이가 달의 신인 이 멕시코의
병원에 누워 있을 때, 나는
영국의 소설가 D. H. 로렌스를 부러워하여 많이 통곡하기도 했지.
로렌스는 그래도 로맨틱하게스리 그의 애인 후리다까지 데불고
여기까지 도망쳐 와서 「날개 달린 뱀」이라는 소설이나 쓰고 지냈지만
"미당아 이놈 너는 뭐냐?
겨우 세계 일주 여행기 하나 써 출판해서
푼돈이나 좀 보태 보려는 것 아니냐?!
이 거지 거지 상거지 놈아!!" 하며 말이다.

제1차 세계 일주 여행 2

멕시코의 병원에서 여드레 동안,
다시 미국의 큰아들 사는 곳의 병원에서
또 한 달 동안쯤
치료를 받은 뒤에 의사가
"여행 중단하고 네 나라로 돌아가라" 하는데도
나는 여기 따르지 않고
3월 중순경부터는 다시 여정에 올랐나니,
이것은 물론
"도중에 시체로 남는 한이 있더라도
이 기회를 놓칠 수는 없다"는 집념에서였네.

하여
파나마 사람들의 '아스타 마냐나'—
"일은 쉬었다가 내일하면 어떤가?
우선 마시고 춤추고 놀아보세"도,
페루의 당나귀들의 가장 노회한 미소도,
칠레의 바람과 포도주와 여자—
3W의 비쌀 것 없는 괜찮은 맛도,

아르헨티나의 주격 없는 산만,

브라질의 삼바춤의 광란,

아프리카, 케냐의 남쪽 국경 암보셀리에서 사자들과 함께

우러러보는 거산巨山 킬리만자로의 위용도,

그 비싼 악어도 대개는 구워서 먹어버리고 마는

상아 해안국의 밀림지대도

스페인의 투우와 플라멩코 춤,

파리의 행길가의 지붕도 없는 카페도

또 몽파르나스의 보오들레에르의 묘지도,

영국의 원귀 많은 런던 탑,

독일의 괴테의 집, 베토벤의 집, 또 라인 강도,

스위스의 검정 꾀꼬리—암젤 새 떼들의 신나는 노래도,

비엔나의 싼 식당 주인의 마음씨 고운 에누리도,

암스테르담의 '꽃과 사람들은

하늘의 애인하고 매양 눈을 맞추고 지낸다'는 이야기,

또

노르웨이의 어느 바다고기는 인간의 미인하고도 놀아난다는 이야기,

또 아일랜드의 시인 예이츠는

어떤 모녀를 이어서 짝사랑만 하다 죽었다는 것도 새로 알고,
이태리의 지랄병 같은 미녀,
희랍의 코린토스의 목신용의 갈대 피리 소리도,
이스라엘의 예루살렘의 할렐루야의 소고 소리도
터키의 싼 술집 앞의 한국인 같은 건달들,
또한 이집트의 밤의 뱃살춤과
아 4, 50도의 불타는 아라비아 사막,
모든 것이 다 종교적 신성이기만 한
인도인 남녀의 그 회색 눈동자의 미소,
또 사억 삼천이백만 년간의 겁이라는 시간 단위를
아직도 지켜서
세수에는 비누도 쓰지 않고,
똥 눈 뒤엔 돌막으로 먼저 닦고
그다음엔 맑은 물로 또 씻는 네팔 사람들,
오오 그리고 소승불교를 어떻게 그렇게 부드럽게 연마했는지
모든 것이 부들부들 난들난들하기만 한 태국 남녀들,
호주 시드니의 방랑 여인과 수작도 좀 하고,
대만과 일본을 거쳐

피곤에 지쳐 반쯤은 새들새들 감기는 눈으로

1978년 9월 어느 날 다시 서울로 돌아왔나니,

"배운 게 무어냐?"고 누가 물었다면

거기 대답할 말은 내게는 없었지만

"얻은 게 무어냐?"고 물었다면, 나는

"그건 자신自信이다"고 대답했을 것이다.

제2차 세계 여행

1984년 3월, 그러니까 내 나이 일흔 살 때
프랑스 정부가 돈을 내어
시인의 자격으로 우리 내외를 초청해 주어서
파리의 루브르 박물관과,
프랑스 시인 몇 사람과
르와르 강가의 옛 귀족들의 성들을
여드레 동안 구경하고 돌아다녔는데,

그중에서도 안 잊히는 건 시인 휠리쁘 수우뽀오—
초현실주의 발기인 중의 마지막 생존자인 그 수우뽀오 노인일세.
프랑스 굴지의 재벌의 집 태생이면서도
너무나도 가난한 제7천국의 초라한 방에 혼자서 웅크리고 앉아 있던,
초현실주의 발기인 중의 철두철미한 유일한 반공 자유주의자—
이미 목소리도 제대로는 내지 못하던
늙은 프랑스의 업만 같던 그 노인이었네.
내가 그더러 가형家兄 같다고 하니까
"아니다. 너는 아들로밖엔 안 보인다" 하던
그 밤부엉이같이만 생긴 노시인일세.

역시나 내 눈에는 이 수우뽀오 노인같이만 생긴
프랑스 최대의 강—르와르 강의 옛 귀족의 성들을 둘러보고 지내다가
나는 문득 너무나 고생시킨 노처가 불쌍해
그를 데불고 독일의 라인 강가로 가서
로렐라이 바위 뒤의 언덕에 올라가
그 로렐라이의 이야기와 노래를 같이 생각하고 있었는데,

그 로렐라이의 시새움이었겠지
회로의 수풀 속엔 뜻밖에도 궂은 비가 나리더니
우리가 탄 차는 길 옆 도랑으로 미끄러져
그 너머 큰 나무들을 들이받고 박살이 나 버렸네.
그래도 운전대 옆좌석에서 벨트를 매고 있던 나는
부상은 없었는데
뒤칸에 있던 아내는 눈퉁이와 무릎에 상처를 입은 걸 보면
아무래도 로렐라이가 내 시 때문에 내 아내를 질투한 것도 같애.

그래 내 아내의 상처를 대충 고친 다음에는

또 그걸 위로할 양으로 유럽의 명승지들을 한 바퀴 같이 돌고,
이어서 후렴으로는 미국 동부의 두 아들 집을 찾아가
그들의 운전으로 먼 캐나다까지 주파하게 됐나니,
이렇게까지 되는 걸 보군 그 독일의 로렐라이 귀신도
마음을 고쳐먹었을 거야.

미국 동남부의 노스캐롤라이나 주의 수도 롤리를 기점으로
워싱턴과 뉴욕과 나이아가라 폭포를 거쳐
캐나다의 토런토와 오타와 몬트리얼을 지나
퀘베크 주의 수도 퀘베크 시에 내려서는
이곳 세인트로런스 강의 명물 롭스터들을 한 바께스 사들여
몽땅 빨갛게 삶아 가지곤
장남 승해 부부와 차남 윤과 우리 내외 다섯이서
"야!!" 가즈런히 소리치며
우리 가족 최초의 난생처음의 롭스터 만끽을 즐겼나니
때는 그게 5월이던가
물론 우리 부조父祖들의 혼도 우리 바짝 옆에 내려와 계셨지.

그러나 나는 욕심 하나만큼은 무한한 사나이라
롤리 시의 큰아들 집으로 돌아오자
마지막 남은 안주머니의 돈을 털어
남대서양의 카리브 바다의 섬나라들 순례의 길에 다시 올랐더니,
자마이카, 도미니카, 푸에르토리코, 마르티니크, 바베이도스, 트리니닫 앤드 토바고
여섯 개의 섬나라가 그 무대로,
특히
바베이도스의 브리지스턴의 그 큰 포인시애나 꽃나무와
트리니닫 섬의 그 수만 마리의 홍학들의 군무만큼은
지금도 역력하여 잊을 수가 없군.

우리나라의 어느 느티나무보다도 더 큰
무수한 주황빛 꽃들로 불타오르고 있던 그 포인시애나 꽃나무는
이 세계의 뭇 생명의 치열한 상징만 같았고,
또 그 부지기수의 홍학들의 삼림 우의 군무는
그 미묘한 운율 그것만 같았나니,
돈 그까짓 껏 가지고 있어선 무엇하는가?

동의자는 꼭 한번 가 참여해 보시기 바라네.

헌데, 후렴에다간 또 후렴을 붙이지 않곤
못 견디는 게 내 성미라,
카리브 바다 쪽을 보고 나니
이번엔 또 남태평양이 나를 거세게 불러 대서
이 비용은 LA에서 후배들 도움으로 시화전을 열어
2, 3천 불 벌어서 한 바퀴 돌아보게 되었지.

아메리컨 사모아와 웨스턴 사모아와 피지와 누벨 카레도니
네 개의 섬나라를 7월에 돌았는데
어, 이것 오늘치 지면도 넘어서고 말았군.
웨스턴 사모아의 야자수 나무에 붙은 이야기—
'바다의 장어가 마을의 이쁜 처녀를 죽도록 사랑한 나머지
미끔한 야자수 나무가 되어서 해마다 그 열매의 단물을
그 애인이 따 마시게 하고 있는 것이라'는
그거나 한 가지만 여기 첨가해 둘까.

작품 연보

작품 연보 | 1933~2000

시집 미수록 작품은 *으로 표시했으며,
재수록 작품은 최초 발표 지면만 기재했다.

연도	작품 제목	게재지(월일)	구분
1933	그 어머니의 부탁*	동아일보(12.24)	시
1934	서울 가는 순이에게*	동아일보(5.8)	시
	동백*	학등(6)	시
	어촌의 등불* / 님*	학등(8)	시
	서쪽 하늘을 맡겨두고 왔건만*	학등(9)	시
	가을*	동아일보(11.3)	시
	비나리는 밤*	동아일보(11.23)	시
1935	생각이여*	학등(1)	시
	새벽 송주誦呪*	동아일보(3.30)	시
	죽방잡초(상)—방 / 오수午睡 깨인 때	동아일보(8.31)	산문
	죽방잡초(하)	동아일보(9.3)	산문
	필파라수초(상)—비밀	동아일보(10.30)	산문
	필파라수초(중)—길거리	동아일보(11.1)	산문
	필파라수초(하)—필파라수	동아일보(11.3)	산문
	속필파라수초畢波羅樹抄	동아일보(11.5)	산문
1936	벽(신춘문예 당선작)	동아일보(1.3)	시
	수집은 누의야(「서울가는 순이에게」로 개제)*	매일신보(1.29)	시
	고창기(1) 방의 비극	동아일보(2.4)	산문
	고창기(2) 장市	동아일보(2.5)	산문
	감꽃*	동아일보(8.9)	동시
	문둥이 / 옥야* / 대낮[正午]	시인부락 1집(11)	시
	후기		산문
	절망의 노래—부흥이*	시건설(11)	시
1937	화사 / 달밤* / 방*	시인부락 2집(1)	시
	입마춤 / 맥하 / 안즌뱅이의 노래*	자오선(1)	시

연도	작품 제목	게재지(월일)	구분
1937	〈경주시(기행시)〉 (5편)*	사해공론(4)	시
	안압지 / 시림 / 석빙고 / 첨성대1·2		
	부흥아, 너는(「부흥이」로 개제) / 흐르는 불*	시건설(9)	시
	웅계雄雞*	호남평론(9)	시
	와가의 전설	시건설(12)	시
1938	문	비판(3)	시
	수대동시	시건설(6)	시
	엽서—동리에게 주는 시	비판(8)	시
	배회(시 「역려」 초고 수록)	조선일보(8.13)	산문
	램보오의 두개골	조선일보(8.14)	산문
	바다	사해공론(10)	시
	모母*	맥(10)	시
	처녀상(「가시내」로 개제)	조광(11)	시
	여름밤*	시건설(12)	시
1939	지귀도—정오의 언덕에서	조광(3)	시
	웅계	시학(3)	시
	웅계(상)	시학(5)	시
	고을나의 딸	조광(5)	시
	요술*	맥(5)	시
	풀밭에 누어서*	비판(6)	시
	부활	조선일보(7.19)	시
	자화상	시건설(10)	시
	봄	인문평론(11)	시
	바다(재수록)	조선작품연감	시
1940	칩거자의 수기(상) 주문呪文	조선일보(3.2)	산문
	칩거자의 수기(중) 석모사夕暮詞	조선일보(3.5)	산문
	칩거자의 수기(하) 여백	조선일보(3.6)	산문
	나의 방랑기	인문평론(3)	산문
	속 나의 방랑기	인문평론(4)	산문
	서름의 강물	조광(4)	시
	귀촉도	여성(5)	시

연도	작품 제목	게재지(월일)	구분
1940	밤이 깊으면	인문평론(5)	시
	도화도화	인문평론(10)	시
	서풍부	문장(10)	시
	행진곡	신세기(11)	시
1941	만주일기	매일신보(1.15~17, 21)	일기
	만주에서	인문평론(2)	시
	화사집	**남만서고(2.10)**	**제1시집**
	문들레꽃	삼천리(4)	시
	살구꽃 필 때*	문장(4)	시
	조금(간조)	춘추(7)	시
1942	〈질마재 근동 야화〉 (3편)	매일신보(5.13~21)	산문
	증운이와 가치 / 밋며누리와 근친		
	동채와 그의 처		
	거북이	춘추(6)	시
	시의 이야기—주로 국민시가에 대하야(1)~(5)	매일신보(7.13~17)	평론
	여름밤(개작 후 재수록)*	조광(7)	시
	감꽃(개작 후 재수록)*		동시
	향토산화(3편)	신시대(7)	산문
	네 명의 소녀 있는 그림(시 「무슨 꽃으로 문지르는 가슴이기에…」로 개제)		산문
	씨름의 적은 삽화		
	객사 동대청에서 피리 불든 청년		
	〈고향이야기〉 (2편)	신시대(8)	
	신장사 소생원 / 선봉이네		
	엉겅퀴꽃	조광(9)	산문
1943	인보정신	매일신보(9.1~10)	산문
	스무살 된 벗에게	조광(11)	산문
	항공일에(일어시)*	국민문학(10)	시
	귀촉도(개작 후 재수록)	춘추(10)	시
	징병 적령기의 아들을 둔 조선의 어머니에게		산문
	최체부의 군속지망	조광(11)	소설

연도	작품 제목	게재지(월일)	구분
1943	헌시—반도학도특별지원병 제군에게*	매일신보(11.16)	시
	경성사단 대연습 종군기	춘추(11)	산문
	보도행—경성사단 추계연습의 뒤를 따라서	조광(12)	산문
1944	옥루몽(1)	춘추(3)	번역소설
	옥루몽(2)	춘추(8)	번역소설
	무제(사이판 섬에서 전원 전사한…, 일어시)*	국민문학(8)	시
	옥루몽(3)	춘추(10)	번역소설
	송정오장 송가*	매일신보(12.9)	시
1945	꽃	민심(11)	시
	열자 이야기	신소녀(창간호·12.6)	산문
1946	시의 표현과 그 기술—감각과 정서와 표현의 단계	조선일보(1.20~24)	평론
	밤*	개벽(1)	시
	골목	예술(1)	시
	노을	예술부락(1)	시
	문 열어라 정 도령님아	조선주보(1.8)	시
	푸르른 날	생활문화(2)	시
	노래 초抄*	중성衆聲(2)	시
	연蓮(『옥루몽』 수록)*	예술부락(3)	번역시
	혁명(삼일기념시집)	건설출판사(3.1)	시
	서귀로 간다	민심(3)	시
	피—윤봉길 의사의 날에*	동아일보(4.30)	시
	「부활」에 대하여—일종의 자작시 해설	상아탑(5)	평론
	두목지杜牧之(우업于鄴 『양주몽기』)	민고(창간호·5)	번역산문
	범이 말하기를(중국민화)	부인(6)	번역산문
	견우의 노래	신문학(6)	시
	백옥루부*	수산경제신문(6.10)	시
	월탄시집 『청자부』	민주일보(6.21)	평론
	장자의 탄식(『금고기관今古奇觀』에서)	중성(7)	번역소설
	정통과 속류	가정신문(7.8)	산문
	문학자의 의무	동아일보(7.16)	산문
	누님의 집—H여사에게	민주일보(7.21)	시

연도	작품 제목	게재지(월일)	구분
1946	목화	여성문화(8)	시
	해방된 시단 1년	민주일보(8.25)	평론
	절구이수絶句二首(두보)*	중성衆聲(9)	번역시
	석굴암 관세음의 노래	민주일보(12.1)	시
	밀가루와 생리	제3특보(12.4)	산문
	통곡*	해동공론(12)	시
1947	밀어	백민(3)	시
	신록	문화(4)	시
	김소월시론	해동공론(4)	평론
	춘향옥중가—이몽룡씨에게*	대조(5)	시
	옥비녀의 제정태諸情態—『옥비녀』를 읽고	민중일보(5.15)	서평
	문단 우又 1년—1946년 하반기 이후	민중일보(8.15)	평론
	바다	민중일보(8.23)	산문
	추천사—춘향의 말(1)	문화(10)	시
	공기에 대하야	예술조선(10)	산문
	한글문학론 서장—누워 있는 시인 ㄷ씨의 담화초	백민(11)	평론
	춘향옥중가(3)*	대조(11)	시
	국화 옆에서	경향신문(11.9)	시
	안 잊히는 사람들	민중일보(12.6)	산문
1948	나의 시인생활 자서(문학가의 자서)	백민(1)	산문
	평화와 애정만이 요청	구국(창간호·1)	산문
	문화 1년의 회고와 전망—창작계의 측면 개관	경향신문(1.1)	평론
	문화 1년의 회고와 전망—창작계의 측면(하)	경향신문(1.25)	평론
	그날*	예술조선(2)	시
	곰*	새한민보(2.15)	시
	깐듸 송가*	평화일보(2.17)	시
	눈*	평화일보(2.24)	시
	한강가에서(「풀리는 한강가에서」로 개제)	신천지(3)	시
	귀촉도	**선문사(4.1)**	**제2시집**
	저녁노을처럼*	백민(4~5)	시
	춘향유문—이몽룡에게	민성(5)	시
	국화 옆에서(개작 후 재수록)	동국(창간호·6)	시

연도	작품 제목	게재지(월일)	구분
1948	희랍의 여류시인 쌒포	대조(8)	산문
	여름날의 꿈	이북통신(여름)	산문
	미인전 선덕여왕	민족공론(9)	전기
	시의 운율	학풍(10)	평론
	낮별	이북통신(10)	산문
	문단정화론	동아일보(11.2)	평론
	김동리 평론집 『문학과 인간』	동아일보(11.11)	서평
	국산영화 진흥에 대한 소고小考	동아일보(11.19)	산문
	과학민주화의 길	새교육(12)	산문
	김좌진 장군전	**을유문화사(12.10)**	**전기**
	내가 사랑하는 것	서울신문(12.17)	산문
	윤석중 동요집 『굴렁쇠』를 읽고	동아일보(12.26)	서평
1949	정신적 기초의 확립	경향신문(1.4)	산문
	생활의 탐구와 창조 —김진섭의 『생활인의 철학』에 관하여	경향신문(4.18)	평론
	머언 추억—소의 이야기	연합신문(6.23)	산문
	시와 시평을 위한 노-트	민성(7)	평론
	시작과정—졸작 「국화 옆에서」를 하나의 예로	민성(8)	평론
	8월 15일에*	경향신문(8.15)	시
	시창작방법론서설단고	문예(8)	평론
	최근의 시—시단 월평에 대하여	문예(9)	평론
	나무 그늘	민족문화(10)	산문
	이승만 박사전	**삼팔사(10.15)**	**전기**
	시선詩選을 마치고(손동인, 이원섭)	문예(11)	시선후평
	시추천사(이형기, 김성림, 박양)	문예(12)	시선후평
	시창작법(서정주, 조지훈, 박목월 공저)	**선문사(12.25)**	**저서**
1950	내가 사숙해온 것	국도신문(1.22~23)	산문
	시추천사(전봉래, 이동주)	문예(1)	시선후평
	시선후감 제1회—동인시단	협동(1)	시선후평
	조선의 현대시—그 회고와 전망	문예(2)	평론
	시추천사(김성림)		시선후평
	현대조선시략사—(『현대조선명시선』 편저)	**온문사(2.15)**	**선시집**

연도	작품 제목	게재지(월일)	구분
1950	영랑의 서정시	문예(3)	평론
	시추천사 (송욱, 이동주, 전봉건)		시선후평
	시선후감 2	협동(3)	시선후평
	작고시인선(편)	**정음사(3.13)**	**선시집**
	시추천사 (이동주, 송욱, 이형기, 최인희)	문예(4)	시선후평
	시선후감 3	협동(4)	시선후평
	아지랑이	문예(5)	시
	모윤숙선생에게	혜성(5)	편지
	시선후감 4—동인시단	협동(5)	시선후평
	선덕여왕찬*	문예(6)	시
	청소시담淸宵詩談	시문학(8)	좌담
	곡 영랑선생	문예(12)	산문
	영도일지(1)*		시
1951	일선행차 중에서(김송 편 『전시문학독본』)*	대구 계몽사(3.20)	시
	시선후감	협동(3)	시선후평
	기도*	협동(9)	시
1952	학의 노래(「학」으로 개제)	시정신(창간호·9)	시
	태산목련송*	협동(12)	시
1953	시추천사(이철균)	문예(2)	시선후평
	시추천사(송욱, 이철균)	문예(6)	시선후평
	무등을 보며 / 꿈*	시와 산문(10)	시
	상리과수원(시 「상리과원」으로 개제)		산문
1954	동인시선후감—시단	협동(2)	시선후평
	시추천사(이철균, 이수복)	문예(3)	시선후평
	기도(「기도1」로 개제)	시정신(6)	시
	동인시선후감—동인시단	협동(7)	시선후평
	무등을 보며(개작 후 재수록)	현대공론(8)	시
	시창작법—시창작에 관한 노-트	**선문사(9.20) 재출간**	**저서**
	동인시선후감	협동(10)	시선후평
	상리과원(개작 후 재수록)	현대공론(11)	시

연도	작품 제목	게재지(월일)	구분
1955	산중문답*	현대문학(1)	시
	이 달의 협동 시단—동인시	협동(1)	시선후평
	단언	현대문학(2)	산문
	〈단편초〉(3편)	협동(2)	시
	입춘 가까운 날 / 2월 / 꽃 피는 것 기특해라		
	2월의 협동 시단	협동(2)	시선후평
	시천후감(이수복, 구자운, 윤혜승)	현대문학(3)	시선후평
	3월의 협동시단	협동(3)	시선후평
	전주우거	현대문학(4)	시
	시천후감(김최연)		시선후평
	4·5월의 협동 시단(임형택, 서순식, 이한영)	협동(4~5)	시선후평
	독심기讀心機에 대한 항언	동아일보(4.22)	산문
	신라인의 천지	협동(5)	산문
	시천후감(김관식)	현대문학(5)	시선후평
	산하일지초	문학예술(6)	시
	시천후감(이수복, 김관식)	현대문학(6)	시선후평
	6월의 협동 시단	협동(6)	시선후평
	나의 시	새벽(7)	시
	반백「협동」의 족적과 진로	협동(7~8)	좌담
	광화문	현대문학(8)	시
	곡 영랑선생	동아일보(8.1)	산문
	시추천사(허연, 하희주)	현대문학(8)	시선후평
	9월의 협동시단	협동(9)	시선후평
	10월의 협동시단	협동(10)	시선후평
	시천후감	학생문단(10)	시선후평
	시추천사(김관식, 신동준, 박재삼)	현대문학(11)	시선후평
	고풍(「무제」(몸살이다…)로 개제)	동국문학(11)	시
	시단의 총결산—을미년 결산	협동(12)	평론
	금월의 협동시단		시선후평
1956	민족과 인류에게 보내는 긴급광고	현대문학(1)	산문
	금월의 협동시단	협동(1)	시선후평
	시추천사(김최연, 송영택, 이성환)	현대문학(2)	시선후평
	금월의 협동 시단	협동(2~3)	시선후평

연도	작품 제목	게재지(월일)	구분
1956	학의 노래(「학」으로 개제. 개작 후 재수록)	동아일보(4.4)	시
	김구용의 시험과 그 독자성 —제1회 현대문학상 신인상	현대문학(4)	시선후평
	시추천사(구자운)	현대문학(5)	시선후평
	영랑시선 발사跋辭	정음사(5.28)	산문
	시창작교실	**인간사(7)**	**저서**
	서문(한하운 시전집)		산문
	우일즉흥*	해군44호(8)	시
	시추천사(이성환, 김정진, 이성교)	현대문학(9)	시선후평
	오히려 사랑할 줄 아는(「가을에」로 개제)	경향신문(9.12)	시
	현하 한국문학에 관한 동의	현대문학(10)	설문답
	신라의 상품	문학예술(11)	시
	어떤 새벽에*	현대문학(11)	시
	서정주시선	**정음사(11.30)**	**제3시집**
	시추천사(김기수, 김선현, 이성교, 이성환)	현대문학(12)	시선후평
	씨받을 열매와 우리 지도자는*	자유세계(12)	시
1957	백결가	현대문학(1)	시
	선덕여왕의 말씀	여원(1)	시
	신라정신의 영적 성격	교통(1)	산문
	〈근업초〉 (근작시 9편) 종이야 될 테지(『무제』로 개제) 하여간 난 무언지 잃긴 잃었다(『무제』로 개제) 어느 늦가을날 / 무제(뺨 부비듯 결국은…) / 고조1·2 / 재롱조 / 귓속말 / 진영이아재 화상畵像	현대문학(2)	시
	시추천사 (이성교, 김정진)	현대문학(2)	시선후평
	오갈피나무 상나무(「오갈피나무 향나무」로 개제)	새벽(2)	시
	쑥국새 타령	녹원(창간호·2)	시
	〈근업초〉 (근작시 4편) 기대림 / 숙영이의 나비 / 사십 / 두 향나무 새이	문학예술(3)	시
	노인헌화가	현대문학(4)	시
	신라인의 애정	교통(4)	산문
	시추천사 (김선현, 조진만, 조효송, 김선영)	현대문학(5)	시선후평
	시추천사 (구자운, 김정진)	현대문학(6)	시선후평

연도	작품 제목	게재지(월일)	구분
1957	무제(마리아, 인제 내 사랑은…)	여원(7)	시
	시추천사 (이범욱, 민영, 정규남, 이제하)	현대문학(7)	시선후평
	신라의 부모와 자녀들	교통(7)	산문
	서귀로 간다	자유신문(8.1)	시
	신라의 해·달·별·구름	교통(8)	산문
	바다의 미풍(말라르메)	불교세계(8)	번역시
	8월 15일의 편지(「편지」로 개제) / 여수旅愁 / 바다	현대문학(9)	시
	지낸 달의 접시꽃과 새달의 국화 새이(「대화」로 개제)	경향신문(9.21)	시
	여행에의 유혹(보들레르)	교통(9)	번역시
	구름(「구름다리」로 개제)	신태양(10)	시
	9월(「시월유제」로 개제)	동국시집(10)	시
	마음속의 근간음적 감각에 대하여	여원(10)	산문
	시추천사 (박명성, 박정숙, 박정희)	현대문학(10)	시선후평
	우리 문학의 당면과제	현대문학(10)	좌담
	다수결제부근의 정신풍속도*	현대(11)	시
	진주 가서	영문(11)	시
	집직이—박목월에게	자유신문(11.17)	산문
1958	신라연구(1)—신라인의 지성	현대문학(1)	평론
	시천후감(하희주, 김선현, 이범욱, 김혜숙)	현대문학(1)	시선후평
	시천후감 (황동규, 함동선)	현대문학(2)	시선후평
	내 고향 사투리—전북지방	여원(3)	산문
	어느 날 오후	한국평론(4)	시
	오해에 대한 변명	현대문학(5)	산문
	더욱 중요한 것은 신의 발견과 회복 —한국시단의 현황과 현대시의 과제	현대문학(6)	설문답 서평
	꽃밭의 독백	사조(6)	시
	두 번째의 사소의 편지—장시 '사소의 단장'	현대문학(6)	시
	시추천사(박명성, 박정희, 김혜숙)	현대문학(8)	시선후평
	〈로서아시초(1)—비공산주의계 작품들 중에서〉(7편) 무자(뮤—즈) / 눈물 / 그림자 / 마트료— 나 아가雅歌 / 무제 / 왈쓰 / 달빛	동국(8)	번역시
	다빈이즘의 청산—나의 좌우명	교통(8)	산문
	모란꽃과 나의 인연의 기억(「인연설화조」로 개제)	현대문학(9)	시

연도	작품 제목	게재지(월일)	구분
1958	시추천사(이제하)	현대문학(9)	시선후평
	근교의 이녕 속에서	신문화(9)	시
	Triolet 시작試作*	지성(9)	시
	첫사랑(투르게네프)	한국평론(9~10)	번역소설
	시추천사(정규남)	현대문학(10)	시선후평
	나의 시의 신인들—이어령 씨에게	경향신문(10.18)	산문
	시추천사(황동규, 고은)	현대문학(11)	시선후평
	시선후평	여원(11)	시선후평
	가을의 편지(「가을에」로 개제)	현대문학(12)	시
	사소(원제는 파소)단장	예술원보(12)	시
	—사소산중서신단편(「사소의 편지1」로 개제)		
	〈민족예술의 정화—한국의 탑, 불상〉 (11편)*	자유공론(12)	시
	석굴암 본존 / 경주박물관 소재 석불 /		
	은진미륵보살 / 안동 제비연 석불 /		
	대흥사 천불 / 원각사지 석탑—빠고다공원내 /		
	법주사 팔상전 / 다보탑 / 월정사 구층 석탑 /		
	화엄사 삼층 사四사자탑 / 경주 분황사 석탑		
	한국 시정신의 전통	국어국문학보(창간호·12)	평론
	시선후평	여원(12)	시선후평
1959	정조(「신부」로 개작)*	여원(1)	시
	명시감상—서양 근대 현대시를 중심으로	여원(1~1960.2)	평론
	무의 의미	현대문학(2)	시
	시추천사(민영, 조효송, 전기수, 함동선, 조진만)		시선후평
	창측의 단상	여원(2)	산문
	서민의 호수*	신문예(3)	시
	애가*	신태양(3)	시
	3·1운동 이면사	교통(3)	산문
	시문학개론	**정음사(4.30)**	**저서**
	민족어의 진생맥을 찾자—시작詩作에서의 한자 문제	신문예(5)	산문
	소월의 자연과 유계幽界와 종교	신태양(5)	평론
	서러운 행복(박목월, 『다시 만나리』)	신태양사(5.1)	편지
	시추천사(추영수, 주정애, 추창영)	현대문학(5)	시선후평
	「두시언해」 비주	현대문학(6)	서평

연도	작품 제목	게재지(월일)	구분
1959	소월시에 있어서의 정한의 처리	현대문학(6)	평론
	마른 여울목	현대문학(7)	시
	마흔다섯	사상계(8)	시
	시추천사(김기수, 함동선, 민영, 조효송)	현대문학(9)	시선후평
	추일미음	사상계(9)	시
	시추천사(박재삼, 김관식, 신동준)	현대문학(10)	시선후평
	송년음*	코메트(10)	시
	젊은 시인에게	문학(창간호·10)	평론
	시추천사(무명여사, 김사목, 황갑주)	현대문학(11)	시선후평
	대화	학생예술(창간호·11)	시
	어느 유생의 딸의 말씀	새벽(12)	시
	동지冬至의 시	예술원보(12)	시
	애인(뽀올 엘류아르)	문학(12)	번역시
	고향을 말한다	여원(12)	산문
1960	사소 두 번째의 편지(개제 후 재수록)	사상계(1)	시
	내 마음의 편력(총 41회 연재)	세계일보(1.5~6.19)	자서전
	40년간의 문예지—시인부락	사상계(2)	산문
	죽음의 아름다움	여성생활(2)	산문
	내 영원은	현대문학(3)	시
	남은 금가락지에 부치는 시*	세계(3)	시
	문화단체를 적극 원조하라	경향신문(8.16)	산문
	4·19혁명에 순국한 소년시인 고 안종길군의 영전에	예술원보(9)	시
	후진육성과 공동이익을 위해서 —문단대동단결시비	현대문학(9)	산문
	속문단대동단결론 —조지훈의 「문단단결론에 앞서야 할 일」을 읽고(상·하)	동아일보(9.23~24)	산문
	첫사랑1	교통(11)	산문
	첫사랑2	교통(12)	산문
	소월에게 있어서의 육친·붕우·인인隣人·스승의 의미	현대문학(12)	평론
	질마재리의 사상들	예술원보(12)	산문
1961	신라인의 통화*	현대문학(1)	시

연도	작품 제목	게재지(월일)	구분
1961	현생주의와 영생주의 — 나의 건강좌우명	보건세계(1)	산문
	님 보내는 노래(설도薛濤)	교통(1)	번역시
	태형산 그늘 1~7(신역 열자초)	보건세계(1~7)	번역산문
	찔레 향기는 또 다시 뇌쇄하건만	여원(5)	산문
	밝음과 어둠*	교통(6)	시
	시추천사(황갑주, 추영수, 김사목, 백종구)	현대문학(6)	시선후평
	시문학개론(재판)	**정음사(6.25)**	**저서**
	시월유제(개작 후 재수록)	예술원보 6호(7)	시
	혁명찬*	경향신문(8.24)	시
	시추천사(황갑주, 김사목, 추영수, 김선영)	현대문학(9)	시선후평
	그대는*	여원(10)	시
	전등이화초前燈二話抄-부부나무	교통(9 · 10)	번역산문
	어느 가을날	사상계(12)	시
	신라초	**정음사(12.25)**	**제4시집**
1962	서로 이해하고 사는 생활	여원(1)	산문
	시추천사(김선영, 주정애, 김송희)	현대문학(2)	시선후평
	이 피의 정적 속에 — 3.1절에 부치는 시*	경향신문(3.1)	시
	고창기 — 내 고향 이야기3	여원(3)	산문
	나의 1급비밀 — '나스타샤'가 하품	경향신문(3.5)	산문
	내 고향의 봄 — 고창 : 변산반도의 명암 속에	동아일보(3.14)	산문
	남국엔 벌써 봄이 다 되었다(김광주 엮음, 『너와 나』)(1939)	구문사(3)	편지
	봄치위	현대문학(4)	시
	재채기	사상계(4)	시
	리라꽃 그늘*	동아일보(4.30)	시
	고요	현대문학(8)	시
	시추천사(김송희, 백종구, 이우석)	현대문학(8)	시선후평
	『돌아온 날개』를 읽은 감회		서평
	태형산 그늘 8~11(신역 장자초)	보건세계(8~11)	번역산문
	우리 님의 손톱의 분홍 속에는	신사조(9)	시
	추분 가까운 날*	여상(11)	시
	미인을 찬양하는 신라적 어법*	사상계(11)	시
	만해 한용운 선사		산문

연도	작품 제목	게재지(월일)	구분
1962	신라의 금가락지*	여원(11)	시
	영랑의 일	현대문학(12)	산문
1963	시추천사(김송희, 백종구, 김춘배, 이수화)	현대문학(1)	시선후평
	함형수의 추억	현대문학(2)	산문
	시인으로서의 책무	현대문학(3)	평론
	시인추천 17년의 소감	현대문학(4)	산문
	신록과 시	협동(6)	산문
	외할머니네 마당에 올라온 해일	현대문학(7)	시
	신라의 영원인—신라문화의 정체(지상 세미나)	세대(7)	평론
	시추천사(이규호, 엄한정, 김춘배, 주정애)	현대문학(7)	시선후평
	학질 부작요법—풍속(8월의 노우트)	세대(8)	산문
	무제(매가 꿩의 일로서…)	사상계(8)	시
	두 시인의 정담(서정주, 박성룡)	여상(8~9)	대담
	김소월 시에 나타난 사랑의 의미	예술원논문집(9)	평론
	시선후감	협동(9)	시선후평
	사회참여와 순수개념	세대(10)	평론
	팔도 사투리의 묘미	신사조(11)	산문
	시선후감	협동(10)	시선후평
	나를 다시 유랑해 가게 하는 것은	현대문학(12)	시
	시추천사(이우석, 이수화, 강우식, 이향아)		시선후평
	조국 속의 이방인—김삿갓론	세대(12)	평론
	이 븨인 금가락지 구멍에	사상계(12)	시
	모란의 고향 · 영랑		산문
	여원에 주는 시*	여원(12)	시
	신인상 심사와 나	여원(12)	산문
1964	1963년 시단개평	현대문학(1)	평론
	심사후평	여원(1)	시선후평
	문학작품의 현실이란 것	세대(3)	평론
	노랑 저고리의 어여쁘신 누님—국화와 한국인의 절개	세대(4)	평론
	『중용』에 보면—나의 만년필	문학춘추(창간호 · 4)	산문
	시의 변호(1)—서, 현실이라는 말		평론
	5월의 바다 앞에서	새농민(5)	시

연도	작품 제목	게재지(월일)	구분
1964	시의 변호(2)—시의 언어	문학춘추(5)	평론
	선운사—삼십삼천의 비경이런가	여원(5)	산문
	무제(「연꽃 만나고 가는 바람같이」로 개제)	현대문학(6)	시
	미당—내 아호의 유래		산문
	시의 변호(3)—시의 체험	문학춘추(6)	평론
	그대 이름은 영원의 그리움	여원(6)	산문
	시천후기(김춘배, 이수화, 김현태, 김초혜)	현대문학(7)	시선후평
	한국적 전통성의 근원	세대(7)	평론
	시의 변호(4)—내 시정신의 현황(「내 마음의 현황」으로 개제) —김종길 씨의 「우리 시의 현황과 그 문제점」에 답하여	문학춘추(7)	평론
	시의 변호(5)—속 시의 언어	문학춘추(8)	평론
	역사의식의 자각—나의 시의 정신과 방법	현대문학(9)	평론
	시평가가 가져야 할 시의 안목 —김종길 씨의 「시와 이성」을 읽고	문학춘추(9)	평론
	시의 변호(6)—우리 현대시의 정형화에 대하여	문학춘추(9)	평론
	현대시문학개관	한국예술총람개관(9)	평론
	여기는*	신동아(9)	시
	괴테의 『빌헤름 · 마이스터』—여성에게 권하는 책	여원(11)	산문
	시의 변호(7)—시의 지성	문학춘추(12)	평론
1965	시의 변호(8)—시의 암시력(상)	문학춘추(1)	평론
	시천후기(이향아, 신동춘, 안혜초)	현대문학(2)	시선후평
	인촌선생 생각*	동아일보(2.16)	시
	시의 변호(9)—시의 암시력(하)	문학춘추(3)	평론
	나그네의 꽃다발을 받는 아이(「나그네의 꽃다발」로 개제)	동국(3)	시
	지혜의 세계로 확대—광복20년의 문단개관(시)	현대문학(4)	평론
	기인 여행가(「여행가」로 개제)	문학춘추(4)	시
	나그네의 꽃다발	문예춘추(5)	시
	가벼히	시문학(5)	시
	시천후기(강우식, 김초혜, 임웅수, 김남웅)	현대문학(5)	시선후평
	부처님 말씀 단장*	분향(6.1)	시

연도	작품 제목	게재지(월일)	구분
1965	죽음의 교훈	세대(6)	산문
	나의 점심	주부생활(8)	산문
	고대 그리스적 육체성—나의 처녀작을 말한다	세대(9)	평론
	한 사발의 냉수	여원(9)	산문
	달과 예술	주부생활(10)	산문
	시선후감	여원(10)	시선후평
	목화 웃나니*	주부생활(11)	시
	선운산 동백꽃수풀 아래 실파밭	협동(11)	산문
	시어록(1)	문학춘추(11)	평론
	풍전세류와 풍류도(「전라도 풍류」로 개제)	세대(11)	산문
	한국 현대시문학의 사적 개관	동국대 논문집(11)	평론
	시선후감	여원(11)	시선후평
	일요일이 오거던	여학생(창간호·12)	시
	시정신과 재인식—11월 시평	한국일보(12.5)	평론
	시어록(2)—시작과정(상)	문학춘추(12)	평론
	시선후감	여원(12)	시선후평
	나의 인생관 단장(정종 편,『나의 청춘, 나의 이상』)	실학사(12.10)	산문
1966	오후의 노래(「오수의 노래」, 「저무는 황혼」으로 개제 및 개작)	예술서라벌(1)	시
	시어록(3)—시작과정(하)	문학춘추(1)	평론
	시선후감—제11회 여류신인상 발표 심사평	여원(1)	시선후평
	시어록(4)—시의 이미이쥐	문학춘추(2)	평론
	피는 꽃	사상계(3)	시
	시선후기	여원(3)	시선후평
	'시문학' 창간 1주년에 즈음하여*	시문학(4)	축시
	시선후기 (나승빈, 김차완)		시선후평
	무궁화 같은 내 애기야	자유공론(4)	시
	봄볕	경향신문(4.18)	시
	여행가 (2)—김상원군에 화답하여*	문학(창간호·5)	시
	동천	현대문학(5)	시
	시천후기(이향아, 강우식, 김초혜, 신동춘)		시선후평
	춘천의 봄햇볕(「강릉의 봄햇볕」으로 개제)	신동아(5)	시
	어머니	한국일보(5.8)	시

연도	작품 제목	게재지(월일)	구분
1966	시의 눈	한국일보(5.26)	평론
	시는 단수필이 아니다	한국일보(6.28)	평론
	한국문학의 제문제	현대문학(6)	좌담
	여행가(3)(「내가 돌이 되면」으로 개작)	현대문학(8)	시
	칡꽃 위에 버꾸기 울 때		
	여관집에 간판 걸고(나의 동인지 시대 회고)		산문
	다시 비정의 산하에	한국일보(8.14)	시
	추석	중앙일보(9.29)	시
	내 문학의 온상들	세대(9)	산문
	한국의 시, 한국의 시론	사상계(9)	평론
	시천후기 (신동춘, 안혜초)	현대문학(9)	시선후평
	석굴암 속의 대화*(상)—한국시의 전통문제	서라벌문학(10)	극시
	상상의 비약과 현대의 향가	한국일보(10.27)	평론
	영산홍	월간문학(11)	시
	서러워도 고향에 살자(서정주, 박재삼)	여원(11)	대담
	눈 오는 날(「눈 오시는 날」로 개제)	주부생활(12)	시
	시의 미학의 회복	한국일보(12.29)	평론
	동천(개작 후 재수록)	예술원보(12)	시
	여행가*(「여행가 (2)」개작 후 재수록)		
1967	토함산우중*	현대문학(1)	시
	경주소견		
	무제(피여, 피여…)		
	시천후기(안혜초, 조운제)		시선후평
	시의 지성의 재반성—현대시의 이해를위하여	예술서라벌(1)	평론
	시천후기 (이규호, 조운제)	현대문학(3)	시선후평
	무제(이슬 머금은…, 「삼경」으로 개제)	현대문학(4)	시
	달밤(「추석」으로 개제)		
	봄볕(개작 후 재수록)		
	오수午睡의 노래(「저무는 황혼」으로 개제)		
	기대되는 대통령상	세대(4)	설문답
	역사여 한국역사여—전북 석류꽃	한국일보(6.9)	시
	자선사업도 하는 규수시인—선덕여왕의 경우	여원(8)	산문
	가을 손톱*	경향신문(10.9)	시

연도	작품 제목	게재지(월일)	구분
1967	님은 주무시고	한국일보(10.29)	시
	내 시와 정신에 영향을 주신 이들	현대문학(10)	산문
	시추천후기 (조운제, 박주일)		시선후평
	해방 전의 한국 현대시	서라벌문학(11)	평론
	연꽃 위의 방	신동아(12)	시
	선운사 동구(개작 후 재수록)	예술원보(12)	시
	춘천의 봄햇볕(「강릉의 봄햇볕」으로 개제 후 재수록)		
	달빛(「추석」으로 개제. 재수록)		
	신라의 제주祭主 가시나니 —곡 범부 김정설 선생(1966.12.14. 『화랑외사』)*	범부선생유고간행회 (1967.11.28. 재판)	조시
	시작詩作은 바람이 키운 방랑자의 마음	여상(11)	산문
1968	마지막 그들의 무덤을 파고*	자유공론(2)	시
	실한 머슴—마르끄·샤가르 화풍으로	사상계(2)	시
	채권(「중이 먹는 풋대추」로 개제)	법륜(창간호·3)	시
	내 문학의 고향 그 속의 네 여인	주부생활(4)	산문
	우리 고향 중의 고향이여—62주년 개교 기념일에	동대신문(5.6)	축시
	근작시선 (5편) 님은 주무시고 / 나는 잠도 깨여 자도다 / 내 그대를 남모르게 사랑하는 마음은(「내 그대를 사랑하는 마음은」으로 개제) / 여자의 손톱의 분홍 속에서는 / 새 인사*	현대문학(6)	시
	시추천후기(이규호, 박주일)	현대문학(7)	시선후평
	시의 제문제	예술원 논문집(7)	평론
	산수유 꽃나무에 말한 비밀	현대문학(8)	시
	짝사랑의 역정	사상계(8)	산문
	어느 신라승이 말하기를	자유공론(9)	시
	시를 위한 단상초	세대(9)	평론
	설악의 3경	여원(10)	산문
	모란꽃 핀 오후	월간문학(11)	시
	천지유정—내 시의 편력	월간문학(11~1971.5)	자서전
	연꽃 속의 방(「연꽃 위의 방」으로 개제)	예술원보(11)	시
	옛날의 시간(「고대적 시간」으로 개제)		

연도	작품 제목	게재지(월일)	구분
1968	눈 오는 날(「눈 오시는 날」로 개제 후 재수록)	예술원보(11)	시
	칡꽃 위에 뻐꾸기 울 때(개작 후 재수록)		
	산나리꽃*		
	채권/실한 머슴(개작 후 재수록)		
	석류꽃		
	산수유꽃에 말해둔 비밀(개작 후 재수록)		
	부처님 오신 날에		
	동천	**민중서관(11.30)**	**제5시집**
	박용철 시집 발문	현대문학사(12.31)	산문
1969	바닷물은 반참 때—1969년 새해의 시	한국일보(1.5)	시
	1969년 새해에*	예술 서라벌(2)	시
	사경四更 / 방한암 선사의 죽음	세대(3)	시
	겨울에 흰 무명 손수건으로 하는 기술		
	이십대의 요술*(「요술」의 개작) / 음력설의 영상		
	삼월의 시(「꽃」으로 개제)	주부생활(3)	시
	한국의 미(1)—토함산 석굴암찬	현대문학(3)	산문
	한국의 미(2)—신라여인의 미와 화장	현대문학(4)	산문
	단상	월간중앙(4)	시
	불교도의 노래(서정주 작사, 김동진 작곡)*	법륜(4)	시
	한국의 미(3)—한국어의 미학	현대문학(5)	산문
	한국의 현대시	**일지사(5.15)**	**저서**
	한국의 미(4)—옷과 육체	현대문학(6)	산문
	모란 그늘의 돌	신동아(6)	시
	시문학원론(『시문학개론』의 개정판)	**정음사(6.20)**	**저서**
	한국의 미(5)—처용의 춤	현대문학(7)	산문
	시추천후기	현대문학(8)	시
	보리고개	서라벌문학(8)	시
	한국의 미(6)—바람의 해석	현대문학(9)	산문
	한국의 미(7)—동방의 무, 한국의 무	현대문학(10)	산문
	문학상의 단호 거부의 이유	월간중앙(10)	산문
	한국의 미(8)—신라의 독수리	현대문학(11)	산문
	시 신인의 영상	예술계(겨울)	산문
	바다물은 한참 때(「바다물은 반참 때」로 개제)	예술원보(11)	시

연도	작품 제목	게재지(월일)	구분
1969	구름은 동으로(「단상」으로 개제 후 재수록) / 내아내	예술원보(11)	시
	사경/방한암 선사의 죽음(개작 후 재수록)		
	버꾹이는 섬을 만들고 / 춘궁 / 꽃		
	산 밑이라(「단상」으로 개제)	현대교양(창간호·12)	시
	광을 내야지*	현대예술(창간호·12)	시
1970	설날의 영상*	경향신문(1.1)	시
	석공 1	월간문학(1)	시
	체! 참!*	여성동아(1)	시
	쑥 냄새 어는 날	자유공론(1)	시
	거사 장이소의 산책(1~3)	세대(1~3)	장편소설
	한국의 미(9)—신라의 꽃다발	현대문학(1)	산문
	추천작품 심사 15년의 소감(세대교체)		
	양하나물—시인을 대접하는 맛	월간중앙(1)	산문
	한국의 미(10)—신라의 피리소리	현대문학(2)	산문
	선운사 동구(개작 후 재수록)	예술서라벌(2)	시
	3월이 오면	법륜(3)	산문
	사랑은 기적을 낳는다	샘터(5)	산문
	비는 마음*	현대시조 (창간호·7)	시조
	만원 뻐스 속의 두 자리	법륜(8)	산문
	만해의 문학정신—'불청佛靑' 창립 50주년 기념 강연	법륜(8)	강연초
	한국의 여인상(1)—사소의 사랑과 영생	주부생활(8)	산문
	목백일홍 피는 날(「백일홍 필 무렵」으로 개제)	서라벌문학(8)	시
	한국의 여인상(2)—연인들의 연인, 여왕 선덕	주부생활(9)	산문
	서경敍景	신동아(10)	시
	그리스 신화—나의 고전	여성동아(10)	산문
	한국의 여인상(3)—하늘도 탐낸 미인 수로	주부생활(10)	산문
	한국의 여인상(4)—영생선녀의 고독한 상	주부생활(11)	산문
	김관식 영전에	여성동아(11)	산문
	내가 만난 사람들(1)—어머니 김정현과 그 둘레	월간중앙(12)	산문
	멋과 미학(서정주, 김윤수)	예술계(겨울호)	대담
	한국의 여인상(5)—신라의 여자 나그네	주부생활(12)	산문
1971	한국의 여인상(마지막회)—끝없이 흐르는 여자 나그네	주부생활(1)	산문

연도	작품 제목	게재지(월일)	구분
1971	내가 만난 사람들(2)—아버지 서광한과 나	월간중앙(1)	산문
	새해의 소원*	법륜(1)	시
	내가 만난 사람들(3)—내 뼈를 덥혀준 석전스님	월간중앙(2)	산문
	자녀중심주의로	법륜(2)	산문
	내가 만난 사람들(4)—기인奇人 배상기의 회상	월간중앙(3)	산문
	화장에 대하여	법륜(3)	산문
	내가 만난 사람들(5)—도깨비 마누라	월간중앙(4)	산문
	사용어	법륜(4)	산문
	이 세상 정 없이 어찌 사나—고향의 죽마고우 황동이에게 편지	여성동아(4)	편지
	내가 만난 사람들(6)—「이승만 박사 전기」 시말	월간중앙(5)	산문
	〈근작시〉 (5편) 빼꾹새 울음 / 낮잠 / 그 애의 손톱 / 가만한 꽃 / 산수유꽃	현대문학(5)	시
	사자여 그 사나움*	동대신문(5.24)	시
	자녀에게 연민심을	법륜(5)	산문
	새로운 시 미학의 모색을 위한 단상	시문학(창간호·7)	산문
	내가 만난 사람들(7)—소도적 장억만씨	월간중앙(6)	산문
	내가 만난 사람들(8)—무의 시인·오상순	월간중앙(7)	산문
	내가 만난 사람들(9)—백성욱 총장	월간중앙(8)	산문
	어느 아침*	여성중앙(10)	시
	내가 만난 사람들(10)—털보·소따라지 아재 소전	월간중앙(9)	산문
	내가 만난 사람들(11)—이상李箱의 일	월간중앙(10)	산문
	내가 만난 사람들(12)—김소월 부자	월간중앙(11)	산문
	내 시정신의 근황—나의 시적 편력	시문학(11)	산문
	무제(관악산에 내리는 눈은…)*	월간문학(11)	시
	발견(「첫벌 울음소리 바윗가에 들려서」로 개제)/ 한라산(「한라산 산신녀의 인상」으로 개제)/ 호남 광주* 그 애의 손톱(「할머니의 인상」으로 개작)	예술원보(11)	시
	내가 만난 사람들(13)—처녀상궁 최순덕 할머니	월간중앙(12)	산문
	무제('솔꽃이 피었다'고…) / 남은 돌 바위옷 / 싸락눈 내리어 눈썹 때리니	지성(12)	시
	석전 영호 스님	샘터(12)	산문

연도	작품 제목	게재지(월일)	구분
1971	서사序辭 한국현대시인협회 편 한국현대시선	성문각(초)	산문
1972	복조리, 복갈퀴와 처용	여성중앙(1)	산문
	적당히 게으르게 사십시오	여성동아(1)	산문
	「동천」 이야기—내가 지은 인생시	샘터(1)	산문
	하늘로 날아오르는 우리 연아	여성중앙(2)	산문
	명당에 태어난 걸 축하합시다	여성동아(2)	산문
	주부문단—시를 뽑고나서	주부생활(2~6)	시선후평
	〈속 질마재 신화〉 (4편)	현대문학(3)	시
	신부 / 해일 / 상가수의 소리 / 소자 이생원네 마누라의 오줌 기운		
	산마다 울리는 육자배기와 동백꽃	여성중앙(3)	산문
	이민 가겠다면 보냅시다그려	여성동아(2)	산문
	풍류	여성중앙(4)	산문
	초라한 대로 짭잘하고 간절한 인생을	여성동아(4)	산문
	사월 초파일	여성중앙(5)	산문
	다난할 미래의 아이들, 어떻게 하지	여성동아(5)	산문
	축기 충만한 문우들 (「김영랑과 박용철」로 개제)	월간중앙(5)	산문
	단오	여성중앙(6)	산문
	자기 운명의 과감한 운전사 되기를	여성동아(6)	산문
	내가 심은 개나리	샘터(6)	시
	깜정 수우각제의 긴 비녀	자유공론(6·7)	시
	목석의 무늬 옆의 장난감 보초가 말하기를……*	풀과 별(창간호·7)	시
	유두	여성중앙(7)	산문
	곡 중화민국 여공사*	월간문학(8)	시
	단골 암무당의 미신술*	북한(8)	시
	연인의 날과 부모의 날	여성중앙(8)	산문
	씨족 영생의 강인한 의지	여성동아(8)	산문
	한가윗날	여성중앙(9)	산문
	미정고의식未定稿意識	문학사상(10)	평론
	숨쉬는 손톱*		시
	석남꽃(수록시 「머리에 석남꽃을 꽂고」를 「소연가」로 개제)	수필문학(10)	산문
	9월의 고향 생각	여성중앙(10)	산문

연도	작품 제목	게재지(월일)	구분
1972	금강산—두고 온 성지	법륜(10)	산문
	서정주문학전집(전5권)	**일지사(10.30)**	**전집**
	강아지가 분지를 백송 묘목을 보고*	월간중앙(11)	시
	시월 상달	여성중앙(11)	산문
	생애의 모든 부분을 결산	동아일보(11.14)	인터뷰
	시집 『동천』 이후의 내 시편들—대표작 자선자평	문학사상(12)	산문
	미당과의 대화(취재부)		대담
	동지와 납정	여성중앙(12)	산문
	일치할 수 있는 마음	현대여성(12)	산문
	무애선생 고희유감*	동악어문논집 8집(12)	축시
1973	새벽 애솔나무 1월령가(정월의 노래)	월간중앙(1)	시
	향 사르는 마음	여성동아(1)	산문
	꿈의 세계(생활 방담)	신동아(1)	좌담
	석사 장이소의 산책(1~21)	현대문학(1~1974.11)	장편소설
	시추천후기 (한신)	현대문학(1)	시선후평
	만해 한용운 미발표 한시(1)(서정주 역)	문학사상(1)	번역시
	「치운 설날에 입을 옷이 없어」 외 18편		
	만해의 미발표시에 대하여		산문
	2월의 향수—'포엠' · 세시기	월간중앙(2)	시
	국화 옆에서	**삼중당(2.1)**	**시선집**
	신라정신의 현대적 수용	서강(2)	산문
	바위와 난초꽃—불기 2517년 첫날에 부쳐	법륜(2~3)	시
	문치헌밀어(1)—하늘과 땅 사이의 사람들과 동물들의 시체 이야기	세대(3)	산문
	매화 —'포엠' · 세시기	월간중앙(3)	시
	담백한 여운	여성동아(3)	산문
	문치헌밀어(2)—내가 차지한 하늘	세대(4)	산문
	아침 찬술	신동아(4)	시
	노자 없는 나그넷길—'포엠' · 세시기	월간중앙(4)	시
	문치헌밀어(3)—움직이지 않는 시계	세대(5)	산문
	초파일의 버선코—'포엠' · 세시기	월간중앙(5)	시
	구멍 난 고무공	자유공론(5)	시
	문치헌밀어(4)—새벽의 지성들	세대(6)	산문

연도	작품 제목	게재지(월일)	구분
1973	만해 한용운 미발표 한시(2)(서정주 역) 「가을 밤비」 외 49편	문학사상(5)	번역시
	단오의 노래—'포엠' · 세시기	월간중앙(6)	시
	유두날—'포엠' · 세시기	월간중앙(7)	시
	문치헌밀어(5)—정에 대하여	세대(7)	산문
	국화와 뻐꾸기—나의 학문과 인생기(1933~1952)	동국 9호(7)	자서전
	시추천후기(석성조, 정광수)	현대문학(8)	시선후평
	칠석—'포엠' · 세시기	월간중앙(8)	시
	문치헌밀어(6)—내 시와 사건들	세대(8)	산문
	해인사—가야산에 둘러싸인 대고찰	『한국의 가볼만한 곳』 (여성동아8 별책부록)	산문
	영생의 자각	샘터(8)	산문
	무궁화에 추석달—'포엠' · 세시기	월간중앙(9)	시
	문치헌밀어(7)—광주학생사건과 나	세대(9)	산문
	청담스님과 나	법시(9)	산문
	나무와 돌	보건세계(9)	산문
	문치헌밀어(8)—낙향전후기	세대(10)	산문
	국화향기—'포엠' · 세시기	월간중앙(10)	시
	염화미소	여성동아(10)	산문
	서정주 시선	**민음사(10)**	**시선집**
	이조진사	기원(겨울호)	시
	뻰디기	시문학(11)	시
	시월이라 상달되니—'포엠' · 세시기	월간중앙(11)	시
	향수	신여원(11)	시
	깨끗한 체념과 슬기로운 처리	주부생활(11)	산문
	오동지 할아버님—'포엠' · 세시기	월간중앙(12)	시
1974	김치타령	주부생활(1)	시
	봉산산방시화(1)—선운사 침향을 사루며	현대시학(1)	산문
	북녘곰, 남녘곰	현대문학(2)	시
	봉산산방시화(2)—봉산산방의 의미	현대시학(2)	산문
	〈속 질마재 신화(1)〉 (3편) 간통사건과 우물 / 단골무당네 머슴아이 / 까치마늘	시문학(2)	시

연도	작품 제목	게재지(월일)	구분
1974	속 천지유정(총 8회 연재)	월간문학(2~11)	자서전
	난초잎을 보며	동국교양(2)	시
	한 발 고여 해오리	심상(3)	시
	봉산산방시화(3)—종정문과 나	현대시학(3)	산문
	〈속 질마재 신화(2)〉 (4편) 이삼만이라는 신 / 분지러 버린 불칼 / 박꽃 시간 / 말피	시문학(3)	시
	시추천후기(김정웅, 조정자)	현대문학(3)	시선후평
	산사꽃	심상(4)	시
	어느 늙은 수부水夫의 고백	신동아(4)	시
	영원의 미소 (1~3)	문학사상(4~6)	희곡
	〈속 질마재 신화(3)〉 (2편) 지연승부 / 마당방	현대시학(4)	시
	봉산산방시화(4)—난蘭과 장사와 돌	현대시학(4)	산문
	온갖 것 잊는 양하나물	여성동아(4)	산문
	〈속 질마재 신화(4)〉 (2편) 알뫼집 개피떡 / 소망(똥깐)	시문학(5)	시
	동일우음*	동국 10호(5)	시
	봉산산방시화(5)—석가모니에게서 배운 것	현대시학(5)	산문
	봉산산방시화(6)—내 시정신에 마지막 남은 것들	현대시학(6)	산문
	〈속 질마재 신화(5)〉—신선 · 재곤이	시문학(6)	시
	시정신과 민족정신	월간문학(6)	평론
	봉산산방시화(7)—영산홍 이야기(상)	현대시학(7)	산문
	고향 난초	세대(7)	시
	〈속 질마재 신화(6)〉 (2편) 침향 / 추사와 백파와 석전	시문학(7)	시
	절벽의 소나무 그루터기	멋(7)	시
	현대수필의 한 새로운 시험—이병주의 「세한도」	현대문학(8)	서평
	봉산산방시화(8)—영산홍 이야기(하)	현대시학(8)	산문
	〈속 질마재 신화(7)〉—석녀, 한물댁의 한숨	시문학(8)	시
	한국의 유머리스트들1—여왕 선덕	멋(8)	산문
	봉산산방시화(9)—인연	현대시학(9)	산문
	〈내소사 근처〉 (3편) 없어진 목침 하나* / 바닷가에 내다버린 놈* /	문학과지성(가을호)	시

연도	작품 제목	게재지(월일)	구분
1974	청련암 곡차 노화상*	문학과지성(가을호)	시
	〈속 질마재 신화(8)〉—내소사 대웅전 단청	시문학(9)	시
	시추천후기(윤석호, 곽현숙, 김경희)	현대문학(9)	시선후평
	한국의 유머리스트들2—표훈스님	멋(9)	산문
	봉산산방시화(10)—내가 아는 영원성(상)	현대시학(10)	산문
	한국의 종소리	문학사상(10)	시
	내소사 종		산문
	〈속 질마재 신화(9)〉 (2편)	시문학(10)	시
	꽃 / 대흉년		
	한국의 유머리스트들3—황진이	멋(10)	산문
	봉산산방시화(11)—내가 아는 영원성(하)	현대시학(11)	산문
	〈속 질마재 신화(10)〉—김유신풍	시문학(11)	시
	봉산산방시화(12)—난초 이애기	현대시학(12)	산문
	〈속 질마재 신화(11)〉 (2편)	시문학(12)	일기
	소×한 놈 / 풍편의 소식		시
	순원소전	현대문학(12)	산문
	세모단장(「모조리 돛이나 되어」, 「곡曲」으로 개제)	북한(12)	시
	한국의 유머리스트들4—관기와 도성	멋(12)	산문
	추사한테 백파 같이	샘터(12)	산문
1975	〈속 질마재 신화(12)〉—죽창	시문학(1)	시
	1천자 축사—창간 20주년 기념*	현대문학(1)	축사
	시추천후기(김경희, 최일운)		시선후평
	문치헌일기초(1~12)	문학사상(1~12)	일기
	신년송—십전의 자유는 그대껏이 될지니	불광(1)	시
	시추천후기(박화, 김수경)	현대문학(2)	시선후평
	1975년 새해의 시*	서라벌(창간호·2)	시
	국화 옆에서	**삼중당(2.1)**	**시선집**
	〈질마재 신화(13)〉—걸궁배미	시문학(3)	시
	현대문학을 위한 불교의 효용	법륜(3)	산문
	〈질마재 신화(14)〉—심사숙고	시문학(4)	시
	아름다운 죽음	샘터(5)	산문
	서정주 육필시선	**문학사상사(5.19)**	**시선집**
	질마재 신화	**일지사(5.20)**	**제6시집**

연도	작품 제목	게재지(월일)	구분
1975	너희들 때 햇볕 보아라	여성동아(5)	산문
	〈질마재 신화(15)〉—군자일언*	시문학(6)	시
	곰 신화	광장(6)	시
	거장의 근황	원광문화(6.30)	인터뷰
	이마의 상흔	세대(7)	시
	독서여화—동파거사의 「적벽부」	신동아(7)	산문
	우중유제	한국문학(8)	시
	이화중선의 육자배기 한 가락	문학사상(8)	산문
	해방후사략—내가 살아온 광복 30년	현대문학(8)	산문
	사경(재수록)	법륜(8)	시
	망향가/대구 교외의 주막에서/격포우중	창작과비평(9)	시
	시추천후기(이상호,정은영, 최일운)	현대문학(10)	시선후평
	방언으로 한글을 살린다(서정주, 박재삼)	세대(10)	대담
	나의 문학적 자서전	**민음사(10.15)**	**자서전**
	괴테 빌헬름 마이스터의 편력시대—딸에게 권하는 한 권의 책	여성동아(11)	산문
	추사의 백파대율사대기대용지비	불광(10)	산문
	침향의 노래*	북한(10)	시
	거시기의 노래	여성동아(11)	시
	거시기의 팔자	불광(11)	산문
	제6회 신인 당선작 심사기(박춘휘)	한국문학(11)	시선후평
	좀 더 젊게 시작(詩作)을—내가 만일 30대로 되돌아간다면	월간중앙(11)	산문
	뻔드기 장수의 노래—남녀 이중창을 위한 시	여성세계(12)	시
	내가 본 이상李箱	시와 의식(12)	산문
	신석초 영전의 뇌사誄辭	예술원보(12)	산문
	청란청법	불광(12)	산문
	주부문단 1년을 결산한다(서정주, 강신재)	주부생활(12)	대담
1976	박용래	문학사상(1)	시
	분향	불광(1)	산문
	내게 끼친 석전 스님의 도애의 힘	샘터(1)	산문
	바른 생각에 필요한 정적의 수준	불광(2)	산문
	눈 오는 밤의 감상*	월간중앙(3)	시

연도	작품 제목	게재지(월일)	구분
1976	국화와 기러기*	상원(3)	시
	소나무야 소나무야 말 물어보자*	마음(3)	시
	제주도에서	여성동아(3)	산문
	어떤 음주서발	소설문예(3)	콩트
	시와 인생	불광(3)	산문
	구례구, 화개	신동아(4)	시
	여보게 일어나 춤이나 추세*	춤(4)_	시
	고의古意*	중앙조달(4)	시
	하동 화개고	불광(4)	산문
	시론 / 곡 / 소나무 속엔	현대문학(5)	시
	회갑을 넘겼지만	주부생활(5)	산문
	돌을 울리는 물	불광(5)	산문
	문장강화(1)—마음가짐	세대(6)	평론
	문학과 인생을 찾아서(서정주, 이세룡)	월간문학(6)	대담
	초파일에 또 하고 싶은 이야기	불광(6)	산문
	문장강화(2)—시의 수명, 암시	세대(7)	평론
	통영의 미더덕찜*	문학사상(7)	시
	근황 일기초		산문
	개나리 유감*	한국문학(7)	시
	석가와 야소	불광(7	산문
	떠돌이의 시	**민음사(7.25)**	**제7시집**
	미당수상록	**민음사(7.30)**	**산문집**
	한국문학과 불교정신	법륜(7)	산문
	전라도 자랑	뿌리깊은나무(7)	산문
	댑싸릿잎 오손도손*	신협(창간호·8)	축시
	한국시의 전통성	한국문학(8)	강연초
	건달바고	불광(8)	산문
	꽃을 본다*	샘터(8)	시
	문장강화(3)—비유와 상징①	세대(8)	평론
	문장강화(4)—비유와 상징②	세대(9)	평론
	노처소묘* / 1976년 여름의 목백일홍*	세계의 문학(창간호·9)	시
	석전 박한영 선사	법륜(9)	산문
	숙명통	불광(9)	산문
	동국고희의 해에*	동국(9)	시

연도	작품 제목	게재지(월일)	구분
1976	문학문장강화(5)—시의 대상변조	세대(10)	평론
	문학문장강화(6)—시 속의 지성①	세대(11)	평론
	운수행각	불광(11)	산문
	〈홍도풍류초〉 (5편)*	문학사상(12)	시
	내 새 주민등록증 / 내 새로운 은사 사공부시 양에게 / 홍도 물나무 / 홍도 시간 / 늦가을 홍도		
	내가 숙소에서 하룻밤동안 담배를 피우지 못하게 지리산 호랑이가 만들어놓은 계율이야기(『은혜로운 햇빛 속에』 손과 손가락 동인 시집)*	지인사(12.15)	시
	문학문장론(7)—시 속의 지성②	세대(12)	평론
	시추천후기(이상호, 원광스님, 손보순, 송동균)	현대문학(12)	시선후평
	인정이 넘치는 남도음식	신동아(12)	산문
	후진시우들께 당부하는 말씀	『시문장』 사화집(겨울호)	산문
	내 주민등록증	불광(12)	산문
	백자 항아리와 나무와 달—수화 김환기	샘터(12)	산문
	춤추던 처용의 멋	엘레강스(12)	산문
	좋은 밤은 두었다 먹을 것	한국일보12.10)	산문
	주부문단 한 해를 돌아다보니(서정주, 강신재)	주부생활(12)	대담
1977	광을 내야지*	현대예술(창간호 · 1)	시
	문학문장론(8)—무의식의 시①	세대(1)	평론
	메이드 인 코리아*	심상(1)	시
	전단향에 부쳐—새해를 맞이하여*	법륜(1)	시
	청자와 호국룡	불광(2)	산문
	〈동정이제冬庭二題〉 (2편)*	월간대화(2)	시
	홍시 / 아송兒松		
	새해의 금성에 부쳐*	금성가족(2)	축시
	문학문장론(9)—무의식의 시②	세대(2)	평론
	잉어바람	문학사상(2)	산문
	팔자와 연분 정분	불광(2)	산문
	당신의 삶은 진실한가	샘터(2)	산문
	한국불교의 어제와 오늘(서정주, 이후락)	법륜(3)	대담
	이 나라 사람의 마음	한국문학(4)	산문
	죄를 모르는 질마재 사람들	주부생활(4)	산문

연도	작품 제목	게재지(월일)	구분
1977	미인, 내 영원한 기쁨	엘레강스(4)	인터뷰
	도깨비 난 마을 이야기	**백만사(4.15)**	**자서전**
	옛 성현들의 말씀대로(100호 기념)*	월간문학(5)	축시
	소학교 삼학년 때의 어떤 작문	문학사상(5)	산문
	산실을 찾아서(서정주, 박중신)	여원(5)	인터뷰
	보리고비*	한국문학(6)	시
	궂은 날, 개인 날*	신동아(6)	시
	석사 장이소의 산책	**삼중당(6.20)**	**장편소설**
	과학기술과 정신문화	문예진흥(6)	산문
	적멸위락寂滅爲樂*	법륜 100집(6)	축시
	이천육백돌 불탄절의 기원	불광(6)	시
	우리나라 돌무늬*	시문학(7)	시
	이대二代의 자연 속에서	샘터(7)	산문
	천지유정	**동원각(7.15)**	**자서전**
	효부孝婦* / 고려청자*	세계의 문학(9)	시
	질마재 신화—작품 속에 나타난 샤머니즘	문학사상(9)	평론
	성봉 아우님 환갑날에*	새국어교육(9)	축시
	흙의 문학상 제정 소식을 듣고	문예진흥(9)	산문
	내 영원은 물빛 라일락	**갑인출판사(9.20)**	**산문선집**
	새것도 별 딴것은 아니다	문학사상(10)	편지
	시인부락—나의 동인지 시대	한국문학(10)	산문
	하느님의 에누리	**문음사(10.25)**	**산문선집**
	나의 문학, 나의 인생	**세종출판공사(11.10)**	**산문집**
	잔盞*	문학사상(12)	시
	한 송이 장미꽃		산문
	시추천후기	현대문학(12)	시선후평
1978	세계 떠돌잇길에 나서며*	한국문학(1)	시
	'사는 희열' 속의 작약 —새 해에 다시 보는 연하장의 의미	문학사상(1)	산문
	서유하는 '신라의 바람'(서정주, 박한희)	주부생활(1)	인터뷰
	미당 세계 방랑기	경향신문(1.16~8.1)	산문
	까치야 까치야(『생각하는 생활』)	독서신문사(2.10)	산문
	김동리 형의 일(『꽃이 지는 이야기』 김동리 작품집)	태창문화사(2.25)	산문

연도	작품 제목	게재지(월일)	구분
1978	시추천후기(원광스님, 박무화, 김수경)	현대문학(3)	시선후평
	시인일기(공저)	**문학예술사(3.5)**	**일기**
	시추천후기(임서경)	현대문학(7)	시선후평
	고향의 아내에게(「서러운 행복」의 개제)	수필문학(8)	산문
	서정주 시집(허세욱 역)	**여명문화사업공업사(8)**	**중역 시집**
	동양이 병든 서구를 구한다(강중모)	경향신문(9.29)	대담
	아무렴, 그런 학두루미 그림이 있었네*	경향신문(11.1)	축시
	사람이 밀려난 불꺼진 서구 문명(서정주, 박중신)	주부생활(11)	인터뷰
	1987년을 보내며	동아일보(12.21)	산문
1979	연오 세오의 바른씨*	신영(창간호 · 1)	축시
	'세계 방랑시초' 연재를 앞두고	문학사상(2)	산문
	풍류도	법륜(2)	산문
	인도와의 교류	법륜(3)	산문
	불멸하는 정신생명	법륜(4)	산문
	〈서으로 가는 달처럼…(1)〉 미국편 : 카우아이 섬에서 외 16편	문학사상(5)	시
	내 손자 거인이의 또 하나의 조부—윌슨 전 보안관*	문학사상(5)	시
	〈서으로 가는 달처럼…(2)〉 캐나다편 : 오타와 60리 링크의 엄마와 애기의 스케이팅 외 2편 남미편 : 멕시코에 와서 외 13편	문학사상(6)	시
	〈서으로 가는 달처럼…(3)〉 아프리카편 : 나이로비 시장의 매물 외 9편	문학사상(7)	시
	나의 시*	한국문학(7)	시
	〈서으로 가는 달처럼…(4)〉 유럽편(상) : 마드리드의 인상 외 11편	문학사상(8)	시
	세계방랑기를 끝내고	경향신문(8.7)	산문
	〈서으로 가는 달처럼…(5)〉 유럽편(중) : '꼬끼오!' 울기도 하시는 스위스 회중시계 외 17편	문학사상(9)	시
	〈서으로 가는 달처럼…(6)〉 유럽편(하) : 베르겐 쪽의 노르웨이 산중을 오르내리고 가며 외 13편	문학사상(10)	시

연도	작품 제목	게재지(월일)	구분
1979	통곡하고 몸부림치던 시	문학사상(10)	산문
	서정주의 명시	**한림출판사(11.15)**	**시선집**
	〈서으로 가는 달처럼…(7)〉 중 · 근동/호주편 : 예루살렘의 아이들과 소고와 향풀 외 12편	문학사상(11)	시
	한국문학 어떻게 해왔나(김동리, 서정주)	한국문학(11)	대담
	〈서으로 가는 달처럼…(8)〉 동남아편 : 겁劫의 때 외 17편	문학사상(12)	시
1980	〈학이 울고 간 날들의 시(1)〉 (3편) 하느님의 생각 / 환웅의 생각 / 곰 색시	문학사상(2)	시
	이심의 고된 멍에 푸옵소서(주요한 조사)	기러기(1)	산문
	서정주(동국대학교 한국문학연구총서2)	**도서출판 연희(2.5)**	**시선집**
	떠돌며 머흘며 무엇을 보려느뇨(상·하)	**동화출판사(3.25)**	**방랑기**
	〈학이 울고 간 날들의 시(2)〉 (5편) 단군 / 조선 / 흰옷의 빛깔과 보선코의 곡선 이야기 / 신시와 선경 / 풍류	문학사상(3)	시
	〈학이 울고 간 날들의 시(3)〉 (3편) 고인돌 무덤 / 동이 / 기자箕子의 내력	문학사상(4)	시
	자자손손에게 이어지는 영원한 정신으로	법륜(4)	인터뷰
	서으로 가는 달처럼…	**문학사상사(5.25)**	**제8시집**
	〈학이 울고 간 날들의 시(4)〉 (3편) 영고 / 무천 / 동맹	문학사상(5)	시
	〈학이 울고 간 날들의 시(5)〉 (5편) 북부여의 풍류남아 · 해모수 가로대 왕 · 금와의 사주팔자 왕 · 금와부부의 첫날밤 사설 박혁거세왕의 자당 · 사소선녀의 자기소개 고구려 시조 · 동명성왕 · 고주몽의 사주팔자	문학사상(6)	시
	우거지 쌍판으로* 마음에 든 여자의 손톱의 반달처럼만 하고* 대한민국 GNP가 억딸라가 되건 말건*	세계의 문학(6)	시
	〈학이 울고 간 날들의 시(6)〉 (8편) 8월이라 한가윗날 달이 뜨걸랑	문학사상(7)	시

연도	작품 제목	게재지(월일)	구분
1980	가야국 김수로왕 때의 그립던 사람들의 그립던 흔적	문학사상(7)	시
	처녀가 시집갈 때		
	고구려 민중왕의 마지막 3년간		
	도미네의 떠돌잇길의 노래		
	술통촌 마을의 경사		
	소나무숲 일곱 겹으로 심어 내 눈앞을 가려라		
	백제의 피리		
	〈학이 울고 간 날들의 시(7)〉 (7편)	문학사상(8)	시
	이름 / 애를 밸 때, 낳을 때		
	갈대에 보이는 핏방울 흔적		
	신라 풍류 1·2 / 신라 풍류 3*		
	지대로왕 부부의 힘		
	안 끝나는 노래	**정음사(8.5)**	**시선집**
	〈학이 울고 간 날들의 시(8)〉 (7편)	문학사상(9)	시
	이차돈의 목 베기 놀이 / 신라의 연애상		
	황룡사 큰 부처님상이 되기까지		
	신라 사람들의 미래통		
	바보 온달 대형의 죽엄을 보고		
	원광스님의 고 여우 / 검군		
	육우의 다경	**성균관 명원다회(9.3)**	**번역산문**
	한 송이 국화꽃을 피우기 위해	**민예사(10.25)**	**산문선집**
	〈학이 울고 간 날들의 시(9)〉 (8편)	문학사상(10)	시
	지귀와 선덕여왕의 염문		
	신라 유가의 제일문사 강수선생 소전		
	김유신 장군1		
	김유신 장군2		
	대나무 통 속에다 넣어 가지고 다니는 애인		
	태종무열왕 김춘추가 꾸던 꿈		
	우리 문무대황제 폐하의 호국룡에 대한 소감		
	삼국통일의 후렴		
	〈학이 울고 간 날들의 시(10)〉 (3편)		
	만파식적이란 피리가 생겨나는 이야기 (소창극)	문학사상(11)	시
	만파식적이란 피리소리가 긴히 쓰인 이야기		

연도	작품 제목	게재지(월일)	구분
1980	만파식적의 합죽 얘기에서 전주 합죽선이 생겨난 이야기	문학사상(11)	시
	자연인, 역사인, 사회인	동국 (11)	산문
	〈학이 울고 간 날들의 시(11)〉 (5편)	문학사상(12)	시
	원효가 겪은 일 중의 한 가지 / 의상의 생사		
	신라 최후의 성인 표훈 대덕		
	천하복인 경문왕 김응렴 씨 / 저 거시기[居尸知]		
1981	〈학이 울고 간 날들의 시(12)〉 (4편)	문학사상(1)	시
	수로부인은 얼마나 이뻤는가?		
	큰비에 불은 물은 불운인가? 행운인가?		
	처용훈 / 백월산의 힘		
	내 시절보다 나은 자손의 때를 위해	주부생활(1)	산문
	〈학이 울고 간 날들의 시(13)〉 (6편)	문학사상(2)	시
	신효의 옷 / 암호랑이와 함께 탑돌이를 하다가		
	월명스님 / 소슬산 두 도인의 상봉 시간		
	혜현의 정적의 빛깔		
	토함산 석굴암 불보살상의 선들		
	〈학이 울고 간 날들의 시(14)〉 (8편)	문학사상(3)	시
	왕건의 힘 / 현종의 가가대소 / 강감찬 장군		
	덕종 경강대왕의 심판		
	땅에 돋은 풀을 경축하는 역사		
	고려호일 / 옥색과 홍색 / 예종의 감각		
	〈학이 울고 간 날들의 시(15)〉 (7편)	문학사상(4)	시
	매사는 철저하게 / 노극청 씨의 집값		
	유월 유두날의 고려조 / 고종 일행과 곰들의 피난		
	고려 고종 소묘 / 충렬왕의 마지막 남은 힘		
	고려 적 쇄설일석		
	〈학이 울고 간 날들의 시(16)〉 (6편)	문학사상(5)	시
	셈은 바르게 / 기황후 완자홀도의 내심의 고백		
	노나 가진 금일랑은 강물에 집어넣고		
	상부喪婦의 곡성 / 권금 씨의 허리와 그 아내		
	정몽주 선생의 죽을 때 모양		
	서정주 : 동천 Winter Sky(시 58편, 데이빗 맥캔 역)	Quarterly Review of	영역시

연도	작품 제목	게재지(월일)	구분
1981		Literature(여름호)	
	〈학이 울고 간 날들의 시(17)〉 (5편) 이성계의 하늘 / 세종과 두 형 / 황희 유비공소有備公笑 / 소년왕 단종의 마지막 모습	문학사상(6)	시
	〈학이 울고 간 날들의 시(18)〉 (5편) 매월당 김시습 1·2·3 / 칠휴거사 손순효의 편모片貌 돼지머리 쌍통 장순손의 운수	문학사상(7)	시
	〈학이 울고 간 날들의 시(19)〉 (5편) 정암 조광조론 / 황진이 / 하서 김인후 소전 의적 두목 임꺽정의 편모片貌 홍의장군 곽재우 소묘	문학사상(8)	시
	〈학이 울고 간 날들의 시(20)〉 (13편) 기허 스님 / 죽음은 산 것으로 / 백사 이항복 율곡과 송강 / 논개의 풍류역학 / 점잔한 예모 새벽 닭소리 / 학사 오달제의 유시 백파와 추사와 석전 / 추사 김정희 석전 스님 / 이조 무문백자송 / 단군의 약밥	문학사상(9)	시
	백여우꼬리꽃—세계방랑시 낙수 둘* 히말라야 산중소감*	심상(9)	시
	서정주(한국현대시문학대계 16)	**지식산업사(9.25)**	**시선집**
	안 잊히는 일들 연재시 예고	현대문학(10)	산문
	〈안 잊히는 일들(1)—유소년 시절에서①〉 (8편) 마당 / 개울 건너 부안댁 감나무 / 어린 집지기 백학명 스님 / 꾸어온 남의 첩의 권주가 / 당음 내 할머니 / 처음 본 꽃상여의 인상	현대문학(11)	시
	〈안 잊히는 일들(2)—유소년 시절에서②〉 (8편) 용샘 옆의 남의 대가집에서 / 만 십 세 국화와 산돌 / 첫 질투 / 서리 오는 달밤 길 첫 이별 공부 / 어린 눈에 비친 줄포라는 곳 반공일날 할머니집 찾아가는 길	현대문학(12)	시
1982	〈안 잊히는 일들(3)—소년행①〉 (8편) 중국인 우동집 갈보 금순이	현대문학(1)	시

연도	작품 제목	게재지(월일)	구분
1982	광주학생사건에 1 / 염병	현대문학(1)	시
	광주학생사건에 2 / 아버지의 밥숟갈		
	광주학생사건에 3 / 동정상실		
	혁명가냐? 배우냐? 또 무엇이냐?		
	시인은 언어로 옷을 지어 입는 재단사 —내 시를 읽는 독자들에게	소설문학(1)	산문
	화개라는 곳* / 조화치 나룻목에서* / 지리산 청학동에서*	소설문학(1)	시
	〈안 잊히는 일들(4)—소년행②〉 (8편)	현대문학(2)	시
	미사와 나와 창경원 잉어 / 넝마주이가 되어		
	얼어붙는 한밤에		
	석전 박한영 대종사의 곁에서 1		
	석전 박한영 대종사의 곁에서 2		
	금강산으로 가는 길 1		
	단발령에서 장안사로—금강산으로 가는 길 2		
	내금강산의 영원암 작약 꽃밭 속의 송만공 대선사		
	학이 울고 간 날들의 시	**소설문학사(2.10)**	**제9시집**
	내 아내 2*	한국문학(3)	시
	〈안 잊히는 일들(5)—20대에서①〉 (8편)	현대문학(3)	시
	성인선언 / 시인당선 / ㅎ양 / 해인사, 1936년 여름		
	우리 시인부락파 일당 / 제주도의 한여름		
	나의 결혼 / 『화사집』 초판본		
	이제는 달하고도 놀만 하여라	문학사상(3)	산문
	인생관을 생각한다—젊은 여성을 위한 광세	엘레강스(3)	산문
	한국시의 현재를 말한다(서정주, 이승훈)	현대문학(3)	대담
	〈안 잊히는 일들(6)—20대에서②〉 (8편)	현대문학(4)	시
	장남 승해의 이름에 부쳐서		
	조선일보 폐간 기념시 / 만주에 와서		
	동대문여학교의 운동장에서		
	불더미 마을의 깐돌 영감과 함께		
	진지리꽃 피걸랑 또 오소 또 오소		
	학질 다섯 직 끝에 본 이조 백자의 빛		
	기우는 피사탑 위에서		
	〈안 잊히는 일들(7)—30대에서①〉 (6편)	현대문학(5)	시

연도	작품 제목	게재지(월일)	구분
1982	해방 / 반공운동과 밥 / 대학의 전임강사로 이승만 박사의 곁에서 인촌 어른과 동아일보와 나 3급 갑류의 행정서기관이 되어서	현대문학(5)	시
	현대시의 장래	예술원보(5.8)	평론
	〈안 잊히는 일들(8)—30대에서②〉 (8편) 1949년 가을, 플라워 다방 1950년 6월 28일 아침 한강의 다이빙 청산가리밖에는 안 남아서요 생불여사 / 자살미수 / 조화연습 / 막걸리송頌 명동 명천옥 친구들	현대문학(6)	시
	우리의 백자를 보면	동아일보(6.1)	산문
	성실하게 사는 것	동아일보(6.7)	산문
	긍정과 부정	동아일보(6.11)	산문
	나이	동아일보(6.16)	산문
	웃을 힘	동아일보(6.23)	산문
	상선과 지선	동아일보(6.30)	산문
	〈안 잊히는 일들(9)—40대에서①〉 (6편) 미국 아세아재단의 자유문학상 / 2차 단식 졸도 / 미아리 서라벌 시절 / 불혹 때의 혹 되돌아온 내 시*	현대문학(7)	시
	시창작법(증판)	**예지각(7.10)**	**저서**
	〈안 잊히는 일들(10)—40대에서②〉 (7편) 1960년 4월 19일 / 4 · 19 (2) / 횡액 하눌이 싫어할 일을 내가 설마 했겠나? 만득지자와 수壽의 계산 중년 사나이의 연정 해결책 경춘선의 5년 세월	현대문학(8)	시
	〈안 잊히는 일들(11)—50대에서①〉 (6편) 공덕동 살구나뭇집과 택호—청서당 주붕酒朋 야청 박기원 / 울산바위 이애기 김치국만 또 마셔보기 여자들의 손톱 들여다보기 또 한 개의 전화위복	현대문학(9)	시

연도	작품 제목	게재지(월일)	구분
1982	〈안 잊히는 일들(12)—50대에서②〉 (6편)	현대문학(10)	시
	사당동과 봉천동의 힘		
	자유중국의 시인 종정문이가 찾아와서		
	선덕여왕의 돌 / 꿩 대신에 닭		
	내 뜰에 와서 살게 된 개나리 꽃나무 귀신		
	내 시의 영역자 데이빗 맥캔과 경상도 안동		
	나는 별다른 걱정을 안해도 좋을 것 같다	엘레강스(10)	산문
	—내게는 없는 딸과 손녀를 생각하며		
	〈안 잊히는 일들(13)—60대에서(끝회)〉 (6편)	현대문학(11)	시
	회갑 1·2 / 진갑의 박사 학위와 노모		
	먼 세계 방랑의 길 / 지손란知孫蘭 / 명예교수		
	어어 오날은 자알 먹었다*	세계의 문학(겨울호)	시
	밉지도 곱지도 않은 그 노랑니의 미소로다가*		
	조선 민들레꽃의 노래(김소운·시라카와 유타카·고노 에이지 공역)	**일본 동수사**	**일역 시집**
	붉은 꽃(민희식 역)	**룩셈부르크,유로에디터사**	**불역 시집**
1983	〈노래(1)〉 (5편)	현대문학(1)	시
	눈이 오면 / 까치야 / 기럭아 기럭아		
	겨울 여자 나그네 / 겨울 소나무		
	〈노래(2)〉 (4편)	현대문학(2)	시
	설날의 노래 / 총각김치 / 연날리기		
	돌미륵에 눈 내리네		
	닮아지자면	불광 100호(2)	축시
	〈노래(3)〉 (5편)	현대문학(3)	시
	동백꽃 타령 / 상사초 / 밤에 핀 난초꽃		
	매화꽃 필 때 / 봄눈 오는 골목에서		
	〈노래(4)〉 (5편)	현대문학(4)	시
	검은머리 아가씨 / 3월이라 한식날은		
	진달래와 갈매기 / 두견새와 종달새		
	쑥국새 타령		
	신라인의 얼	대원회보(4)	강연초
	〈노래(5)〉 (4편)	현대문학(5)	시
	산그늘 / 찔레꽃 필 때		

연도	작품 제목	게재지(월일)	구분
1983	질마재의 노래 / 우리나라 흰 그릇	현대문학(5)	시
	영원한 목숨—나를 찾은 불경 한 귀절	문학사상(5)	산문
	찬양—동국대 학생들에게	동국(5)	축시
	안 잊히는 일들	**현대문학사(5.16)**	**제10시집**
	미당 서정주 시전집	**민음사(5.25)**	**시전집**
	만해 한용운 한시선역	**예지각(5.31)**	**번역시집**
	〈노래(6)〉 (5편)	현대문학(6)	시
	돼지해의 돼지 이얘기(「돼지 뒷다리를 잘 붙들어 잡은 처녀」로 개제)		
	동백꽃 제사 / 진부령 처가집		
	촌사람으로 / 늙은 농부의 자탄가		
	시에 머물고, 풍류로 떠돌며(서정주, 허세욱)	광장(6)	대담
	〈노래(7)〉 (2편)	현대문학(7)	시
	열무김치 / 구약		
	부채송	동아일보(7.23)	산문
	〈노래(8)〉 (3편)	현대문학(8)	시
	비 오는 날 / 땡감 / 석류꽃이 피었네		
	〈노래(9)〉 (4편)	현대문학(9)	시
	대구 미인 / 불볕더위 / 장미		
	해당화밭 아가씨		
	〈노래(10)〉 (3편)	현대문학(10)	시
	지금도 황진이는 / 우리나라 소나무		
	박꽃이 피는 시간		
	시추천후기—윤석성, 홍우계	현대문학(10)	시선후평
	고대 유태풍猶太風	문학사상(10)	시
	여자* / 이쁜 이빨*		
	국화의 계절에 만난 국화의 시인	레이디경향(10)	인터뷰
	동방신선송*	동방2집(11)	시
	〈노래(11)〉 (5편)	현대문학(11)	시
	가는 구름 / 이 가을에 오신 손님		
	대추 붉은 골에 / 고구마타령 / 우체부 아저씨		
	〈노래(12)〉 (3편)	현대문학(12)	시
	동짓날 / 섣달그믐 / 총각김치 타령		
	통곡*	불교사상(창간호12)	축시

연도	작품 제목	게재지(월일)	구분
1983	서시*	한인문화논총(12)	시
	대한민국 김관식 서문	동문출판사(12.5)	산문
1984	1984년을 맞이하여(신년계획)	현대문학(1)	산문
	이 땅의 참된 주부를 위하여	주부생활(1)	산문
	또와인—새해 아침의 첫마디 말	문학사상(1)	산문
	내 친구 두 사람	동아일보(3)	산문
	무서운 아이와 무서워하는 아이	조선일보(1.4)	산문
	봉산산방경1~3	불교사상(1~3)	산문
	구산 큰스님 조가*	법륜(2)	조시
	노래	**정음문화사(3)**	**시선집**
	꽃을 보고 배우는 것	문학사상(4)	산문
	눈이 부시게 푸르른 날은	**열음사(6.30)**	**시선집**
	예수가 기술奇術로 빵과 물고기를 몽땅 만들던 자리*	문학사상(9)	시
	유도선수 하형주송	월간조선(9)	산문
	실바리스씨의 손자인 듯한 사나이와 검정개 한 마리와*	신동아(10)	시
	내 시 세계의 불교적 편력(서정주, 박경훈)	법륜(11)	대담
1985	또 한 해가 새로히 온다고 하는데*	불교사상(1)	축시
	점*	월간조선(1)	시
	새해 목소리를 듣는다(특집)	문학사상(1)	산문
	나의 시와 나의 뿌리(고희 기념강연)	금강(창간호·1)	강연초
	구산스님 가신 날(「구산 큰스님 조가」의 개작 후 재수록)	불일회보(1.1)	조시
	질마재에 쌓인 바람	월간조선(3)	산문
	창간호로부터 '학이 울고 간 날들의 시까지' —나와 『문학사상』	문학사상(4)	산문
	육자배기 가락에 타는 진달래	**예전사(5.1)**	**산문선집**
	불교와 나	불교사상(5)	산문
	시험지옥에서 아이를 구해내자	여성백과(5)	산문
	어색한 가족의 미소에 서글픔이	조선일보(9.25)	산문
	가을 벌판에 서면—독경여록 (3)*	문학사상(10)	시
	마음의 여유	건강 다이제스트(10)	산문
	의상의 생과 사	대한생명(10)	산문
	원로시인 미당 서정주의 멋과 사람과 연인들	멋(10)	인터뷰

연도	작품 제목	게재지(월일)	구분
1986	하늘의 눈동자*	동서문학(1)	시
	호랑이 해의 점占*	가정조선(1)	축시
	행운과 불운	법륜(2)	산문
	손오공 감투 이야기	법륜(2)	산문
	시추천후기(염천석)	현대문학(3)	시선후평
	땀에 젖은 얼굴의 갓 젊은 엄마 같은 우리 매일경제여!*	매일경제(4.24)	축시
	바보야 하얀 민들레가 피었다	문학사상(4)	산문
	불기 2530년 부처님 오신 날을 맞으며*	불교사상(8)	축시
	자유의 소리*	자유공론(5)	시
	선식—명사들의 아침 식탁	여성동아(6)	산문
	다시 한 번 되새기는 나의 정치적 관심 세 가지	동서문학(7)	산문
	전인全人의 자격을—대학생들에게 부치는 글	자유공론(7)	산문
	서로 사랑할 수 있는 사람이	새마을(7)	산문
	우리나라 사랑이 있는 그림*	레이디경향100호(8)	시
	이성자*	유월의 바람(이성자 일본 전시도록. 9.15)	축시
	우리 문학의 내일을 생각한다	문학정신(창간호 · 10)	좌담
	1930년대 시단 회고(김광균, 서정주)		대담
	세계문학 속에 한국문학을		권두언
	문학자의 사관	문학정신(11)	권두언
	시추천사(최종림)		시선후평
	신라 풍류(고노 에이지 · 시라카와 유타카 공역)	**각천서점(11.3)**	**일역시집**
	문학작품의 현대성과 영원성	문학정신(12)	권두언
	안 잊히는 일들(데이비드 매캔 역)	**시사영어사**	**영역시집**
1987	민중문학 재고	문학정신(1)	권두언
	문학작품과 독자	문학정신(2)	권두언
	우리 문학의 오늘과 내일(서정주, 유종호)	문학정신(2)	대담
	공무원이 어디 따로 있는가?*	지방행정(2)	축시
	창작문학의 지성	문학정신(3)	권두언
	국화 옆에서	**혜원출판사(3.10)**	**시선집**
	서정주 시집	**범우사(3.31)**	**시선집**
	시인과 국화	**갑인출판사(4.15)**	**산문선집**
	생의 매력과 감동	문학정신(4)	권두언

연도	작품 제목	게재지(월일)	구분
1987	쑥과 마늘	문학정신(5)	권두언
	문학작품의 뉘앙스	문학정신(6)	권두언
	문학자와 사관	일간스포츠(7.5)	권두언
	팔할이 바람—사내자식 길들이기 1	일간스포츠(7.6)	시
	팔할이 바람—사내자식 길들이기 2	일간스포츠(7.9)	시
	이런 나라를 아시나요(고려원 시문학총서 21)	**고려원(7.10)**	**시선집**
	팔할이 바람—사내자식 길들이기 3	일간스포츠(7.13)	시
	팔할이 바람—심사숙고	일간스포츠(7.16)	시
	신기원 이룰 기틀을 (『성화봉을 드높이』)	범민족올림픽추진중앙협의회(7.18)	시
	팔할이 바람—줄포 1	일간스포츠(7.20)	시
	팔할이 바람—줄포 2	일간스포츠(7.23)	시
	팔할이 바람—줄포 3	일간스포츠(7.27)	시
	팔할이 바람—광주학생사건	일간스포츠(7.30)	시
	문학과 한의 처리	문학정신(8)	권두언
	팔할이 바람—사회주의병	일간스포츠(8.3)	시
	팔할이 바람—제2차 연도의 광주학생사건	일간스포츠(8.6)	시
	팔할이 바람—고창고보, 기타	일간스포츠(8.10)	시
	팔할이 바람—사회주의를 회의하게 되었음	일간스포츠(8.13)	시
	팔할이 바람—노초산방	일간스포츠(8.17)	시
	팔할이 바람—넝마주이가 되어	일간스포츠(8.20)	시
	팔할이 바람—영호 종정스님의 대원암 강원	일간스포츠(8.24)	시
	팔할이 바람—금강산행	일간스포츠(8.27)	시
	팔할이 바람—중앙불교전문학교 문과에서	일간스포츠(8.31)	시
	문학하는 정신의 자유	문학정신(9)	권두언
	팔할이 바람—해인사에서	일간스포츠(9.3)	시
	팔할이 바람—시인부락 일파 사이에서	일간스포츠(9.7)	시
	팔할이 바람—제주도에서	일간스포츠(9.10)	시
	팔할이 바람—구식의 결혼	일간스포츠(9.14)	시
	팔할이 바람—큰아들을 낳던 해	일간스포츠(9.16)	시
	팔할이 바람—만주에서	일간스포츠(9.21)	시
	팔할이 바람—뜻 아니한 인기와 밥	일간스포츠(9.24)	시
	팔할이 바람—사립초등학교 교사	일간스포츠(9.28)	시
	두 개의 책임	문학정신(10)	권두언

연도	작품 제목	게재지(월일)	구분
1987	오늘의 문학과 언어를 생각한다(서정주, 이어령)		대담
	팔할이 바람—아버지 돌아가시고	일간스포츠(10.1)	시
	팔할이 바람—이조 백자의 재발견	일간스포츠(10.5)	시
	한 사발의 냉수(한국대표 에세이문고 9)	**자유문학사(10.5)**	**산문선집**
	팔할이 바람—종천순일파?	일간스포츠(10.9)	시
	팔할이 바람—다시 걸린 독립운동 혐의	일간스포츠(10.12)	시
	팔할이 바람—일정치하 막바지 때	일간스포츠(10.15)	시
	팔할이 바람—해방 바람에	일간스포츠(10.19)	시
	팔할이 바람—동아대학교의 전임강사 시절	일간스포츠(10.22)	시
	팔할이 바람—이승만 박사와 함께	일간스포츠(10.26)	시
	팔할이 바람—동아일보 사회부장, 문교부 초대 예술과장	일간스포츠(10.29)	시
	신성성의 부흥을 위하야	문학정신(11)	권두언
	팔할이 바람—6·25 민족상잔의 때를 만나서	일간스포츠(11.2)	시
	팔할이 바람—6·25 남북전쟁 속의 한여름	일간스포츠(11.5)	시
	팔할이 바람—청산가리와 함께	일간스포츠(11.9)	시
	팔할이 바람—1950년 겨울 북괴와 중공연합군	일간스포츠(11.12)	시
	대거 재침의 때까지		시
	팔할이 바람—전주 풍류 일 년간 1	일간스포츠(11.16)	시
	팔할이 바람—전주 풍류 일 년간 2	일간스포츠(11.19)	시
	팔할이 바람—광주에서 1	일간스포츠(11.23)	시
	팔할이 바람—광주에서 2	일간스포츠(11.26)	시
	팔할이 바람—전후 서울의 폐허에서	일간스포츠(11.30)	시
	진실과 겨레 사랑	새마을(11)	산문
	문인과 교양	문학정신(12)	권두언
	팔할이 바람—차남 윤 출생의 힘을 입어	일간스포츠(12.3)	시
	팔할이 바람—4·19 바람	일간스포츠(12.10)	시
	팔할이 바람—5·16 군사혁명과 나	일간스포츠(12.14)	시
	팔할이 바람—춘천행 시절	일간스포츠(12.16)	시
	팔할이 바람—관악산 봉산산방	일간스포츠(12.18)	시
	팔할이 바람—환갑의 떠돌잇길에서	일간스포츠(12.21)	시
	팔할이 바람—제1차 세계 일주 여행 1	일간스포츠(12.24)	시
	팔할이 바람—제1차 세계 일주 여행 2	일간스포츠(12.25)	시
	팔할이 바람—제2차 세계 일주 여행	일간스포츠(12.28)	시
	한·불문학의 현황과 전망(서정주, 엠마뉘엘 로블레스)	문학정신(12)	대담

연도	작품 제목	게재지(월일)	구분
1987	**떠돌이의 시(김화영 역)**	**생제르맹 데 쁘레사**	**불역 시집**
1988	문학작품의 새로운 매력 탐구를 위하여	문학정신(1)	권두언
	신년 설계 세 가지	현대문학(1)	산문
	옛날 이야기 하나	문학정신(2)	권두언
	영호대종사어록 발사跋辭	동국출판사(2.20)	산문
	생의 근본적 긍정	문학정신(3)	권두언
	매화와 민중	문학정신(4)	권두언
	팔할이 바람	**혜원출판사(5.30)**	**제12시집**
	불경에서 배운 것들	법륜(7)	산문
	문학과 자유	문학정신(10)	권두언
	영생에 대하여	문학정신(11)	권두언
	시추천사(김수경, 정숙자)	문학정신(12)	시선후평
	국화 옆에서(김현창 역)	**마드리드대학 출판부**	**스페인역시집**
	석류꽃(조화선 역)	**독일 부비어사**	**독역 시집**
1989	2월 이야기	객석(2)	산문
	잠의 찬미*	문학사상(10)	시
	내가 만난 아름다운 신부	신부(11)	산문
	연꽃 만나고 가는 바람아	**신원문화사(11.20)**	**시선집**
	있었지(「이런 여자가 있었지」로 개작)	자유공론(12)	시
	낙랑장송의 솔잎송이들	세계의 문학(겨울호)	시
	비밀한 내 사랑이		
	포르투갈의 불꽃		
	서정주시선(데이빗 맥캔 역)	**콜럼비아대학 출판부**	**영역시집**
1990	어느 눈 내리는 날에*	국회보 279호(1)	시
	히말라야 산사람의 운명	월간문학(2)	시
	서정주시선	**세명문화사(2.1)**	**시선집**
	부산의 해물잡탕	오늘의 시(하반기)	시
1991	**산시**	**민음사(1.30)**	**제13시집**
	석림인의 노래*	석림(2)	시
	서정주 세계 민화집(전5권)	**민음사(5.1)**	**민화집**

연도	작품 제목	게재지(월일)	구분
1991	「나의 시」에 대해서	현대시학(6)	산문
	연꽃을 보며*	불광200호(6)	축시
	부다페스트에서 모스코로 날아가는 쏘련 여객기의 화장실에서	자유공론(7)	시
	나의 화사집 시절	현대시학(7)	산문
	두번째 집어든 사과는 배고파도 맛이 없다	세계여성(8)	산문
	어머니 앞에 나타난 아버지의 새 여자	월간 오픈(9)	산문
	에짚트의 연꽃 / 에짚트의 어떤 저승의 문 앞 나일강엔 연사흘 비만 내리어	현대시학(10)	시
	선운사 이야기	구도(10)	산문
	가을 메시지	여성중앙(10)	산문
	음향시 화사집(윤정희 낭송, 백건우 연주)	**민음사(10.24)**	**녹음시집**
	미당 서정주 시전집(전2권)	**민음사(10)**	**시전집**
	〈또 다시 유랑 길에서〉 (5편) 요즘의 나의 시 / 시월상달 부다페스트의 호텔 로비에서* 중공 인민위원복의 대열 에짚트의 사막에서*	문학사상(11)	시
	석전 박한영 스님 (1)	해인(11~1922.3)	산문
	푸르른 날(한국대표시인 100인 선집)	**미래사(11.15)**	**시선집**
	피는 꽃	백록(11.15)	시선집
	나의 목적지*	자유공론(12)	시
	주부가 익혀야 할 여섯가지 미음	가정조선(12)	산문
	딴 생각 말고그리로 장가들도록 해라	젊은 엄마(12)	산문
	송년 에세이	여성자신(12)	산문
1992	시집 『산시』와 『처용단장』(서정주, 김춘수)	현대시학(1)	대담
	참마음 찾는 길	불광(1)	산문
	석전 박한영 스님	해인(1~3)	산문
	〈구 만주제국 체류시〉 (5편) 만주제국 국자가의 1940년 가을 일본헌병 고 쌍놈의 새끼 간도 용정촌의 1941년 1월 어느날 북간도의 총각 영어교사 김진수옹	시와시학(봄호)	시

연도	작품 제목	게재지(월일)	구분
1992	시인 함형수 소전	시와시학(봄호)	시
	시와 시인을 찾아서(서정주, 김재홍)		대담
	내 아내 본향 방옥숙	가정조선(3)	대담
	일정 말기와 나의 친일시	신동아(4)	산문
	노자 없는 나그네길	**신원문화사(4.25)**	**산문선집**
	여행에의 유혹(「방랑에의 유혹」으로 개제)	현대문학(6)	시
	1992년 여름의 싼페테르부르크	세계의 문학(겨울호)	시
	1992년 여름의 로서아 황소 / 롸씨야 미녀찬		
	마스크바에 안개 자욱한 날		
	싼페테르부르크의 우리 된장국		
1993	1992년 가을 미국에서 제일 매력 있던 일들 3가지	현대시학(1)	시
	놑흐캐롤라이나의 수풀 속의 고양이		
	썬 댄스라는 곳에서		
	와이오밍의 기러기 소리		
	〈속 러시아 시〉(5편)	문학사상(1)	시
	성 레오 톨스토이 선생 무덤 앞에서		
	표도르 도스토예프스키 선생 댁에서*		
	에또 푸로스또 말리나! / 러시아 암무당		
	러시아에 살고지고*		
	러시아 탐방기	문학사상(1)	산문
	—러시아 유학의 길에 오른 미당 서정주의 육성		
	스무 살의 독서—도스토예프스키 「백치」	동아일보(1.25)	산문
	우리네 여인네의 참멋은 그윽함이 가득한 전통으로부터 온다	세계여성(2)	산문
	내 인생관	문예중앙(3)	산문
	한솥에 밥을 먹고	현대문학(4)	시
	쬐금밖엔 내릴 줄 모르는 아조 독한 눈		
	봄 가까운 날 / 부는 바람 따라서*		
	우리나라의 열 두발 상무上舞		
	시와 사상—나의 시, 나의 사상	현대시학(4)	산문
	메소포타미아(이라크)신화를 읽고	자유공론(5)	시
	티베트 이야기	현대시학(5)	시
	비가 내린다	동서문학(여름호)	시

연도	작품 제목	게재지(월일)	구분
1993	쑥국새 울음 속에서(「쑥국새 소리 시간」으로 개제)	시와시학(여름호)	시
	개울건너 부안댁 감나무의 풋감들 시간		시
	여름밤 솥작새와 개구리가 만들고 있던 시간		시
	맑은 여름밤 별하늘 밑을 아버지 등에 업히어서		
	내가 처음 겪은 국선國仙의 시간(「내가 천자책을 다 배웠을 때」로 개제)		시
	해의 춤*	춤(7)	
	영원의 미소/석사 장이소의 산책	**명문당(7.1)**	**희곡, 소설**
	한국 사람들과 산(『산과 한국인의 삶』)	나남(7.15)	산문
	손톱 밑의 하얀 초생달 —내 시 속의 중요한 이미지 하나	현대시학(8)	산문
	초가지붕에 박꽃이 필 때	시와시학(가을호)	시
	추석 전날 달밤에 송편 빚을 때		
	윗마을의 키다리 최노적 씨 / 뻐꾹새 소리뿐 !		
	눈물 나네	현대시(9)	시
	아직은 살아남은 나비(「실제失題」로 개제)		
	'낭디'의 황혼의 산들의 주름살		
	페르샤 신화풍 / '이집트'의 저승의 수염 좋은 뱀		
	우리나라 신선 선녀 이야기(5권)	**민음사(10.1)**	**그림동화**
	미당 산문 — 문학을 공부하는 젊은 친구들에게(『미당수상록』 개정판)	**민음사(10.20)**	**산문집**
	늙은 떠돌이의 시	**민음사(11.10)**	**제14시집**
	호프만과 미당, 그 만남의 현장(서정주, 로알드 호프만)	현대문학(11)	대담
	MIDANG 서정주의 초기시(안선재 역)	**파리, 유네스코**	**영역 시집**
	문사 이어령(『만남의 방식』)	김영사(12.1)	산문
	소의 기억(「우리 집의 큰 황소」로 개제)	시와시학(겨울호)	시
	일곱 살 때(「일곱 살 때 할머니에게서 들은 흰 암여우 이야기」로 개제)		
	가을의 벼논(「논가의 가을」로 개제)		
	2백 살 목표로 공부하고 글 써요(김미숙)	국민일보(12.22)	인터뷰
	서정주 문학앨범	**웅진출판(12.26)**	**저서**
	내 인생의 공부와 문학 표현의 공부(서정주 문학앨범)		산문
1994	니르바나[涅槃]이야기*	현대시학(1)	시

연도	작품 제목	게재지(월일)	구분
1994	현대문학지와 나	현대문학(1)	산문
	문학은 대자유(권성우)	중앙일보(1.6)	대담
	눈부신 발전을 바라는 마음으로—지령 300호 기념특집	월간문학(2)	산문
	박동숙이의 꽃과 그네*	시와시학(봄호)	시
	갈대밭 머리에서—첫사랑의 시 (2)*		
	첫사랑 이야기(「첫사랑의 시」로 개제)	현대시(2)	시
	1993년 겨울에 제일 보기 좋았던 것*		
	『화사집』에서 『늙은 떠돌이의 시』까지	작가세계(봄)	시
	〈신작시〉 (5편)		
	산청, 함양의 콩꽃(「콩꽃 웃음」으로 개제)		
	안동 쐬주 / 고창 선운사의 동백꽃 제사		
	이화중선이 이애기 / 충청도와 속리산 화양골에		
	이 훤칠한 삶의 맛 (『아! 고구려』에 수록)	조선일보사(3.5)	산문
	미당의 세계 방랑기(총 25회 연재)	국민일보(3.18~9.7)	방랑기
	팔순 맞은 미당 서정주	월간조선(3)	인터뷰
	꽃상여* / 홍시* / 콩을 볶아 먹으면서*	시와시학(여름호)	시
	팔순 맞은 미당 서정주	문화일보(6.28)	인터뷰
	야채장사 김종갑 씨	월간조선(7)	시
	민들레꽃	**정우사(7.15)**	**자선시집**
	거짓 없이 진실한 가장 순수한 문학청년 — 나의 갓 젊었을 때 시의 친구 함형수	문학사상(8)	산문
	어린 집지기	시와시학(가을호)	시
	어린 집지기의 구름		
	개울물 건네기와 떨어진 홍시 주워서 먹기*		
	미당 세계 방랑기(전3권)	**민예당(11.15)**	**방랑기**
	우리나라 미인*	신동아(12)	시
	미당 시전집(전3권)	**민음사(12.2)**	**시전집**
	미당 자서전(전2권)		**자서전**
1995	'현대문학' 창간 40주년에 부쳐서*	현대문학(1)	축시
	보세 '묵란' 꽃 핀 걸 보고 말으며(「보세 報歲— 묵란」으로 개제)	문학사상(1)	시
	근황—1995년 새해를 맞이하며(「요즘 소식」으로 개제)	월간 에세이(1)	시
	김유신 장군을 배워라! 고난을 앞장서서 짊어진 모습을_	월간조선(1)	대담

연도	작품 제목	게재지(월일)	구분
1995	축시*	문학아카데미(1.15)	축시
	우남 이승만전	**화산문화기획(2.1)**	**전기**
	'샘터' 300호를 맞이하여*	샘터(2)	축시
	〈내 일상의 시〉(4편)	현대문학(3)	시
	한란 세배		
	늙은 아내의 손톱 발톱 깎아주기(「늙은 사내의 시」로 개제)		
	지구 위의 산 이름들 세기(「나는 아침마다 이 세계의 산 1628개의 이름들을 불러서 왼다」로 개제)		
	생가복원(「질마재의 내 생가」로 개제)		
	우남 이승만 옹과 나	월간조선(3)	산문
	내 일생에 아주 드문 사람—황순원이 있는 풍경	작가세계(봄호)	산문
	서정주 시선(김현창 역)	**마드리드국립대학교 출판부(4.22)**	**스페인역 시집**
	동서양을 하나의 인격 속에 통합(서정주, 허문도, 이인수)	월간조선(5)	좌담
	떠돌이의 시(케빈 오록 역)	**아일란드 디덜러스**	**영역 시집**
	무주공산 / 도로아미타불*	현대문학(7)	시
	영랑의 회상—김영랑 45주기 추모특집	문학사상(9)	산문
	1995년, 기뻤던 일, 딱했던 일	현대문학(12)	산문
	한국 교포들의 마음(『사랑의 본능』)*	삼일서적(12.10)	시
1996	당명황과 양귀비와 모란꽃	현대시학(1)	시
	1996년 새해 첫 아침에(「지난해와 새해 사이」로 개제)	문학사상(1)	시
	문학의 해에 부치는 글	한국일보(1.23)	산문
	미당과의 여행(서정주, 문덕수)	시문학(2)	대담
	바이칼 호숫가의 비취의 돌칼	시와시학(봄호)	시
	바이칼 호수를 찾어서		산문
	무제(유리창에 스미어오는…)*	월간에세이(5)	시
	벵상 반 고흐의 그림 〈씨뿌리는 사람〉	시와 반시(여름호)	시
	만해 큰스님 추모시*	만해새얼(창간호·여름호)	조시
	〈쏠로몬 왕의 시적 구상〉 (2편)	현대문학(8)	시
	쏠로몬 왕의 바다 / 쏠로몬 왕의 애인의 이빨		
	문학의 질적 향상을 위해 노력할 때	월간문학(8)	산문
	나의 문학인생 7장(등단 60주년 기념 특집)	시와시학(가을호)	산문

연도	작품 제목	게재지(월일)	구분
1996	나와 까마귀와 시(김상원 시전집) 발문	시와시학사(10.30)	산문
1997	**견우의 노래(100인의 시인 3)**	**좋은 날(1.1)**	**시선집**
	한란 너는	현대문학(1)	시
	1997년 설날에(「1996년 음력 설날에」로 개제)	문학사상(1)	시
	서울의 겨울 참새들에게		
	석류 열매와 종소리	21세기문학(봄호)	시
	나의 시 60년	문학사상(5)	강연초
	여보, 더덕이 냉장고에 있습디다(최보식 『얼굴』)	둥지(5.10)	인터뷰
	도로아미타불의 내 햇살	시와시학(여름호)	시
	추천의 말(허성욱)		시선후평
	큰 시인 박재삼을 말한다	동아일보(6.12)	산문
	인연	**민족사(7.20)**	**산문선집**
	80소년 떠돌이의 시	**시와시학사(11.1)**	**제15시집**
	국화 옆에서(이남호 선·해설)	**민음사(11.25)**	**시선집**
	신라초(김현창 역)	**마드리드국립대학교 출판부**	**스페인역 시집**
1998	관악구에 새해가 오면* / 결국은*	현대문학(1)	시
	여든 세 살 때의 추석 명월*		
	내 늙은 아내* / 페르시아 문명에서 제일 좋은 것*		
	우리나라 아버지 / 우리나라 어머니	시와시학(봄호)	시
	〈미국에서〉(3편)	문예중앙(봄호)	시
	이 세상에서 제일 키 큰 나무들의 수풀*		
	미국의 껌정 사자 '퓨우마'*		
	미국의 가마귀와 한국 가마귀*		
	미당 서정주와의 대화(서정주, 이경철)	문예중앙(여름호)	대담
	축하와 당부의 말씀	월간문학(4)	축사
	밤이 깊으면(한국문학 영역총서, 안선재 역)	**답게(4. 30)**	**영역 시집**
	내 고향 선운리의 하늘*	시안(가을호)	시
1999	**만해 한용운 한시선(재출간)**	**민음사(5.15)**	**번역시집**
	이노우에 유이찌의 빈貧이라는 글짜 (이노우에 유이치 전시도록)*	예술의 전당(6.5)	시

연도	작품 제목	게재지(월일)	구분
2000	2000년 첫날을 위한 시*	중앙일보(1.1)	축시
	겨울 어느 날의 늙은 아내와 나	시와시학(봄호)	시
	86세의 시인 서정주(서정주, 조병도)	월간조선(4)	대담
	난들 왜 이 땅 떠나고 싶겠나(이경철)	중앙일보(10.30)	인터뷰
	80 먹은 어린 방랑자의 시, 그리고 다른 시들 (김현창 역)	**스페인 베르붐사**	**스페인역 시집**
	80소년 떠돌이의 시(증보판)	**시와시학사(12.25)**	**시집**

미당 서정주 전집 4

1판 1쇄 발행 2015년 6월 30일
1판 3쇄 발행 2022년 8월 26일

지은이 · 서정주
간행위원 · 이남호 이경철 윤재웅 전옥란 최현식
펴낸이 · 주연선

(주)은행나무
121-839 서울특별시 마포구 양화로11길 54
전화 · 02)3143-0651~3 | 팩스 · 02)3143-0654
등록번호 · 제 1997-000168호(1997. 12. 12)
www.ehbook.co.kr
ehbook@ehbook.co.kr

ISBN 978-89-5660-890-7 (04810)
978-89-5660-885-3 (전집 세트)
978-89-5660-886-0 (시 세트)